João e seus me...

Tudo

ao mesmo tempo

Toni Brandão

João e seus meio irmãos

Tudo
ao mesmo tempo

ilustrações Attílio

global
editora

© Antônio de Pádua Brandão, 2012
2ª Edição, Global Editora, São Paulo 2017
1ª Reimpressão, 2020

Jefferson L. Alves – diretor editorial
Flavio Samuel – gerente de produção
Dulce S. Seabra – gerente editorial
Malu Poleti – assistente editorial
Jefferson Campos – assistente de produção
Danielle Costa e Juliana Campoi – revisão
Attílio – ilustrações
Eduardo Okuno – projeto gráfico

Obra atualizada conforme o
NOVO ACORDO ORTOGRÁFICO DA LÍNGUA PORTUGUESA

CIP-BRASIL. CATALOGAÇÃO NA PUBLICAÇÃO
SINDICATO NACIONAL DOS EDITORES DE LIVROS, RJ

B819t
2. ed.

Brandão, Toni
Tudo ao mesmo tempo / Toni Brandão; ilustração Attílio. –
2. ed. – São Paulo: Global, 2017.
il.

ISBN 978-85-260-2275-1

1. Ficção infantojuvenil brasileira. I. Attílio. II. Título.

16-33676
CDD: 028.5
CDU: 087.5

global
editora

Direitos Reservados

global editora e distribuidora ltda.
Rua Pirapitingui, 111 – Liberdade
CEP 01508-020 – São Paulo – SP
Tel.: (11) 3277-7999
e-mail: global@globaleditora.com.br
www.globaleditora.com.br

Nº de Catálogo: **3453**

Pra Ana Clara.

Pra Camila, Carolina, Alexandre e Andréa.

Pro John Ícaro e pra Ana Sui.

Pro Augusto.

Pro Dan e pro nenê.

Pra Mariana, Gabriela e Luan.

Pra Isadora.

Pra Isabela.

Pra Caru.

Pro João e pro Marcelo da Mônica.

Pra Gabriela.

E principalmente pro João da Isabela, o primeiro a me dar a ideia de contar histórias de meio irmãos.

Pra todos os que têm meio irmãos, meios-irmãos, irmãos de criação...

E pra todo mundo que vive ou viveu só com a mãe, só com o pai, com outro namorado da mãe, com outra namorada do pai, com os avós, com os tios, com os padrinhos, ou sabe lá Deus com quem mais.

Toni Brandão

CRIEI UM GRUPO COM meus melhores amigos. Claro que eu já criei vários grupos com eles, mas esse é "o" grupo. Estou praticamente abandonado aqui em São Paulo. Está todo mundo viajando e eu não posso esperar os meus amigos voltarem pra falar sobre um monte de coisas que estão acontecendo na minha vida "tudo ao mesmo tempo"! Acho muito legal esse tipo de encontro virtual. O Dolly 1 e o Dolly 2 estão na Alemanha, com a mãe deles, que está fazendo um curso. A Alice está em um hotel em Manaus. Ela e os avós vão conhecer a Amazônia.

Eu estou grudado no telefone, aqui em casa mesmo. Nós marcamos o papo para o meio-dia, horário de São Paulo. Na Alemanha são três da tarde. E, em Manaus, onze da manhã.

Está todo mundo atrasado! Ou será que sou eu que estou aflito?

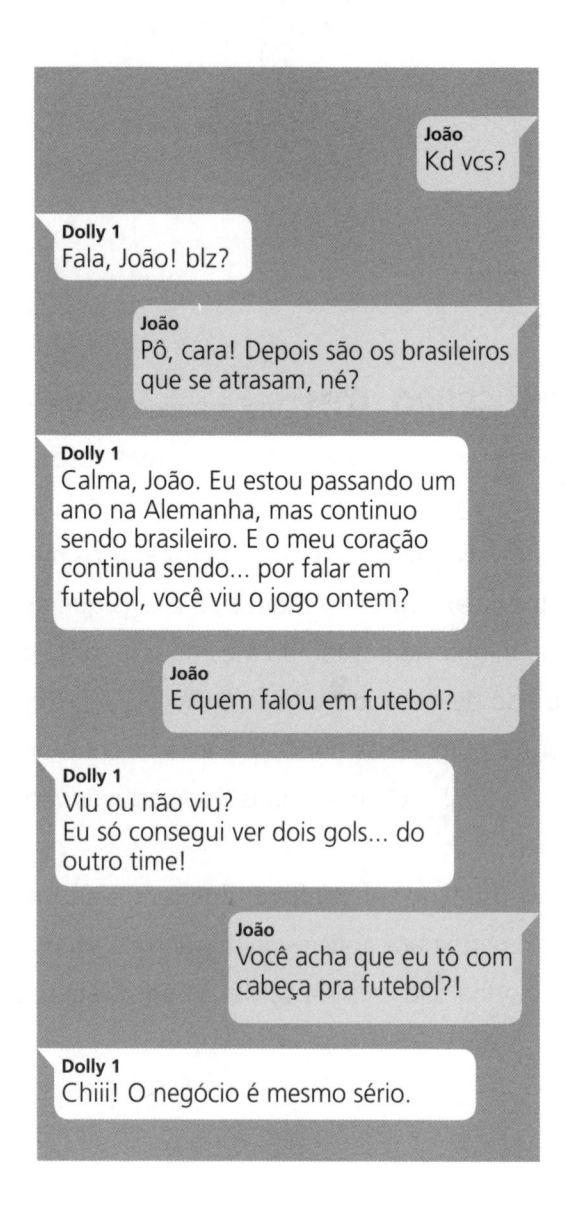

João
Serissíssississississimoooo! Cadê o Dolly 2?

Dolly 1
Foi guardar a bike. Aqui em Berlim, a gente praticamente só tá andando de bike.

João
Com esse frio???

Dolly 1
Tá frio... mas não tanto quanto se esperava... o clima do mundo tá bem louco!

João
Se fosse só o clima...

Dolly 1
Não exagera, vai...

João
Se liga...

Dolly 2
Eh aehhh, João!!!!

João
Fala, Dolly 2! blz?

Dolly 2
Blz! Dolly 1, a mamãe mandou você ir arrumar o quarto.

Foi aí que eu percebi chegar uma mensagem do Dolly 1 para mim, fora do grupo.

> **Dolly 1**
> Fica frio, quando ele crescer é que você vai ver o que é bom pra tosse!
> Se bem que vocês vão ter uns doze anos de diferença.
> Eu e o meu querido irmãozinho gêmeo temos apenas alguns minutos.
> É bem pior.

Resolvi responder fora do grupo também. Na verdade, eu sou mais amigo do Dolly 1! Mesmo eles sendo gêmeos, às vezes, o Dolly 2 parece mais infantil.

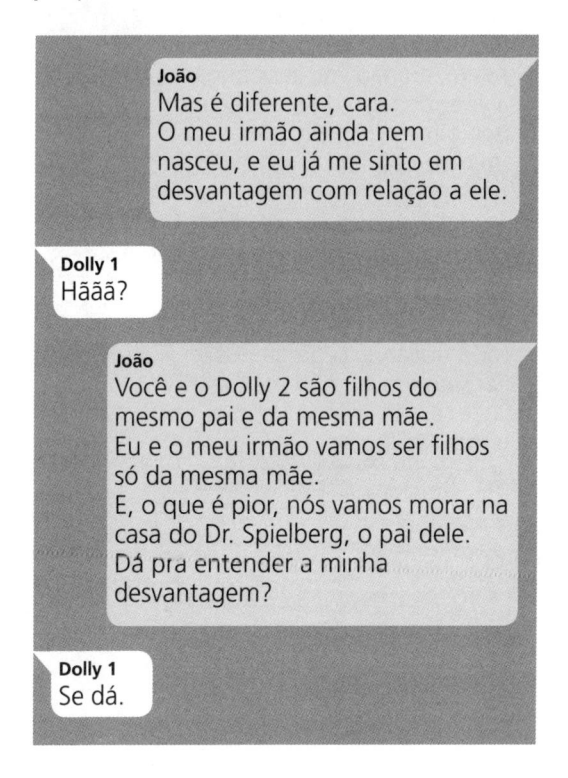

> **João**
> Mas é diferente, cara.
> O meu irmão ainda nem nasceu, e eu já me sinto em desvantagem com relação a ele.

> **Dolly 1**
> Hããã?

> **João**
> Você e o Dolly 2 são filhos do mesmo pai e da mesma mãe.
> Eu e o meu irmão vamos ser filhos só da mesma mãe.
> E, o que é pior, nós vamos morar na casa do Dr. Spielberg, o pai dele.
> Dá pra entender a minha desvantagem?

> **Dolly 1**
> Se dá.

João
Eu me lembro muito bem de como foi quando a Penélope veio passar uns dias aqui em casa. Só porque ela é filha do dono da casa, a menina pensava que era a rainha...
Ainda bem que ela ficou quieta lá em Miami.

Dolly 1
É, João. Você tem razão. Sabe que você acaba de me dar uma ideia? Quando a gente voltar pro Brasil, vou ver se consigo mandar o meu irmão ir morar com o meu pai. Ele nunca visita a gente mesmo.
Assim, eu não vou ser obrigado a viver debaixo do mesmo teto que o meu querido irmão--gêmeo-caçula!

Dolly 2
As duas bonecas vão ficar o tempo todo trocando segredinhos? Pensam que eu não sei que vocês estão falando de mim no particular?

Dolly 1
KKKKKKK
Tá com ciúme, bebê!!!

Dolly 2
Não começa, porque depois você não aguenta...

Foi bem nessa hora que a Alice apareceu.

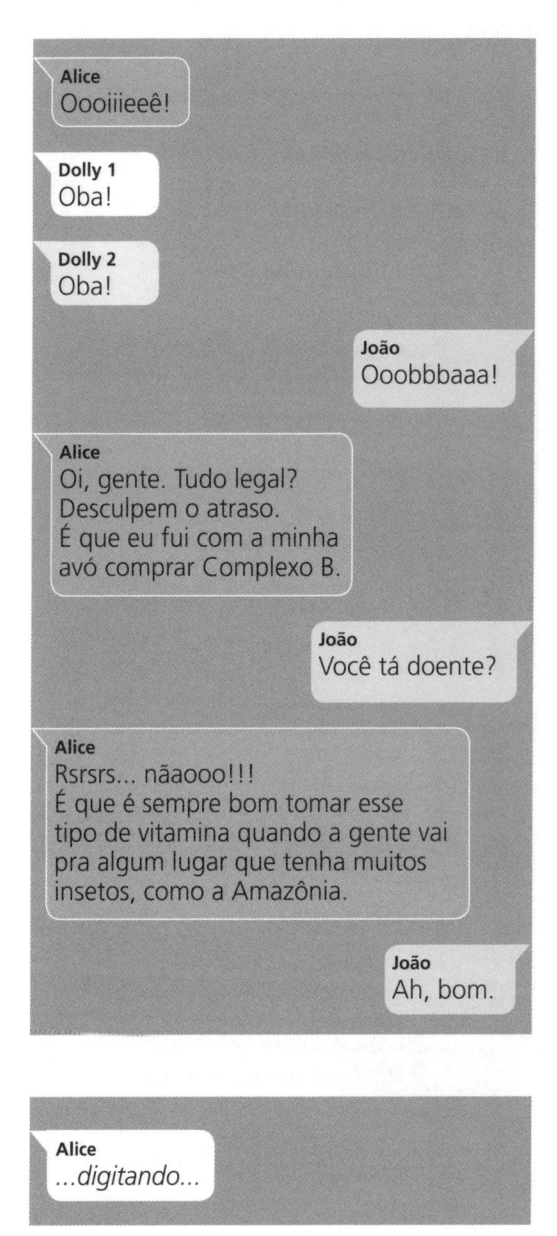

Alice
Oooiiieeê!

Dolly 1
Oba!

Dolly 2
Oba!

João
Ooobbbaaa!

Alice
Oi, gente. Tudo legal?
Desculpem o atraso.
É que eu fui com a minha
avó comprar Complexo B.

João
Você tá doente?

Alice
Rsrsrs... nãaooo!!!
É que é sempre bom tomar esse
tipo de vitamina quando a gente vai
pra algum lugar que tenha muitos
insetos, como a Amazônia.

João
Ah, bom.

Alice
...*digitando*...

Opa! A Alice está me mandando uma mensagem fora do grupo. Uma não, três!

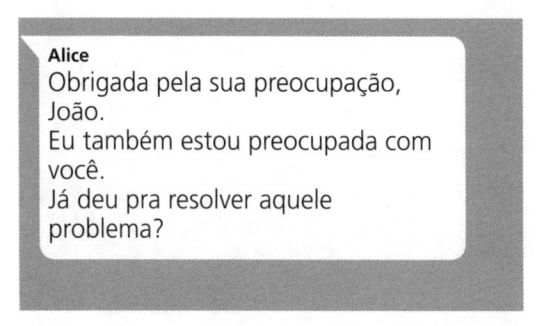

Alice
Obrigada pela sua preocupação, João.
Eu também estou preocupada com você.
Já deu pra resolver aquele problema?

E eu também respondi só para ela.

João
Ainda não. Infelizmente.

O Dolly 1 percebeu...

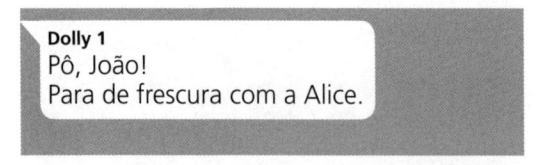

Dolly 1
Pô, João!
Para de frescura com a Alice.

Eu mandei uma última mensagem só para a Alice...

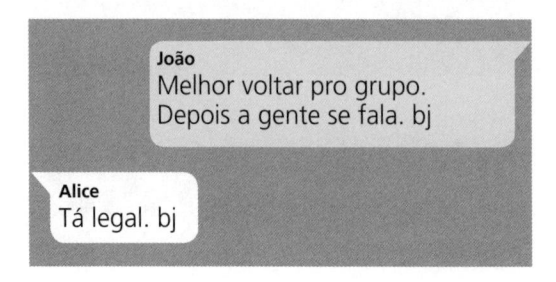

João
Melhor voltar pro grupo.
Depois a gente se fala. bj

Alice
Tá legal. bj

...e voltei para o grupo.

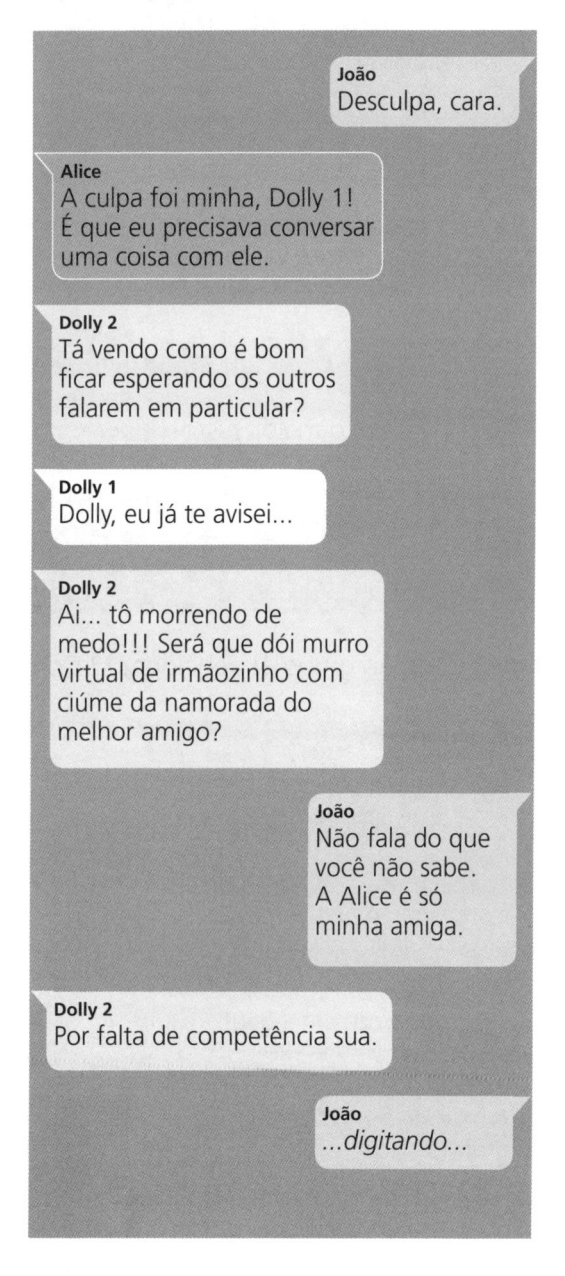

João
Desculpa, cara.

Alice
A culpa foi minha, Dolly 1!
É que eu precisava conversar
uma coisa com ele.

Dolly 2
Tá vendo como é bom
ficar esperando os outros
falarem em particular?

Dolly 1
Dolly, eu já te avisei...

Dolly 2
Ai... tô morrendo de
medo!!! Será que dói murro
virtual de irmãozinho com
ciúme da namorada do
melhor amigo?

João
Não fala do que
você não sabe.
A Alice é só
minha amiga.

Dolly 2
Por falta de competência sua.

João
...digitando...

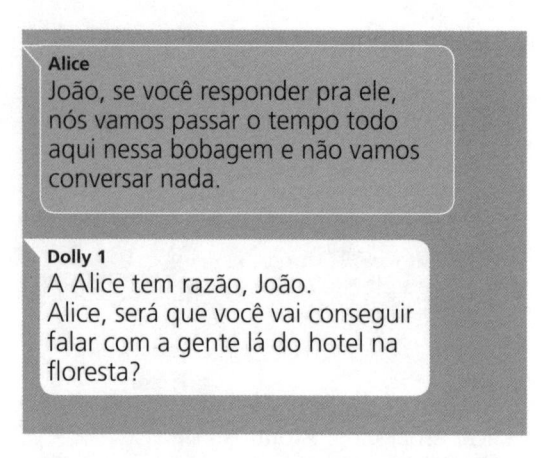

Alice
João, se você responder pra ele, nós vamos passar o tempo todo aqui nessa bobagem e não vamos conversar nada.

Dolly 1
A Alice tem razão, João.
Alice, será que você vai conseguir falar com a gente lá do hotel na floresta?

Parei de digitar! E levei o maior susto!!!

Penélope
Oi?

A Penélope entrou no grupo!!! Penélope??? Como assim?

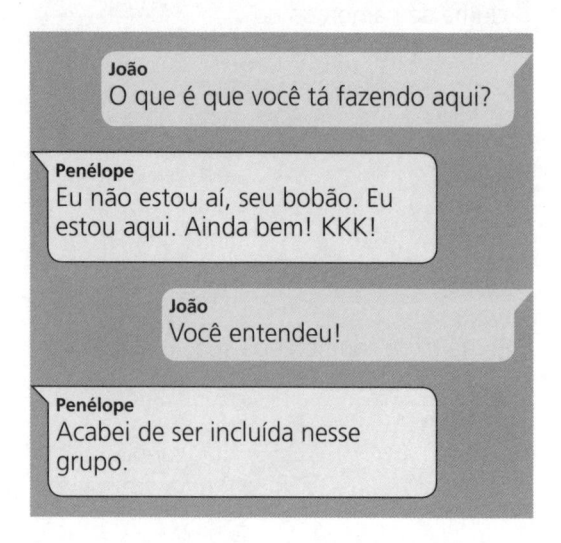

João
O que é que você tá fazendo aqui?

Penélope
Eu não estou aí, seu bobão. Eu estou aqui. Ainda bem! KKK!

João
Você entendeu!

Penélope
Acabei de ser incluída nesse grupo.

Dolly 2
Fui eu que adicionei a
Penélope, algum problema?

João
Todos os problemas! Galera,
tô saindo fora... Fuuui!

Alice
Fica, João!
Por favor!

João
Nunca mais faz isso sem
me avisar, cara.

Penélope
Oi, Alice?

Alice
Oi, Pê. Tudo legal?

Penélope
O Dolly 2 me falou que
você está na Amazônia!

Alice
É. Mas por enquanto
estou em Manaus.
Ainda não fui pra floresta
"de verdade".
Que horas são aí em
Miami?

Penélope
Meio-dia e doze.

> **Alice**
> Ah... aqui também.
> Quer dizer que nessa época
> do ano o horário de Manaus é
> igual ao horário de Miami.

Resolvi falar de novo só com a Alice.

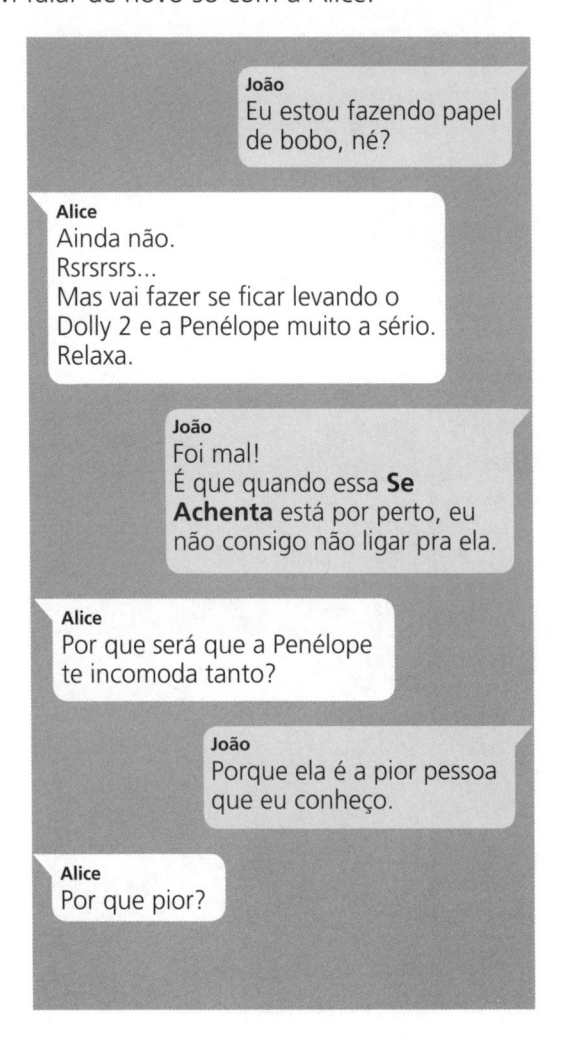

> **João**
> Eu estou fazendo papel
> de bobo, né?

> **Alice**
> Ainda não.
> Rsrsrsrs...
> Mas vai fazer se ficar levando o
> Dolly 2 e a Penélope muito a sério.
> Relaxa.

> **João**
> Foi mal!
> É que quando essa **Se
> Achenta** está por perto, eu
> não consigo não ligar pra ela.

> **Alice**
> Por que será que a Penélope
> te incomoda tanto?

> **João**
> Porque ela é a pior pessoa
> que eu conheço.

> **Alice**
> Por que pior?

João
Você sabe, Alice. A Penélope não é essa santinha que ela tenta mostrar que é.

Alice
Ok.
A Penélope não é uma garota muito fácil.
Mas ela também não é essa vilã que você fala.
Por que você dá tanta importância pra ela?

João
Se eu soubesse!

Alice
E tem outra coisa, João...
Talvez seja mais fácil você tentar entender a Penélope do que o contrário.

João
Como é que é???

Alice
A mãe dela morreu quando a menina tinha cinco anos.

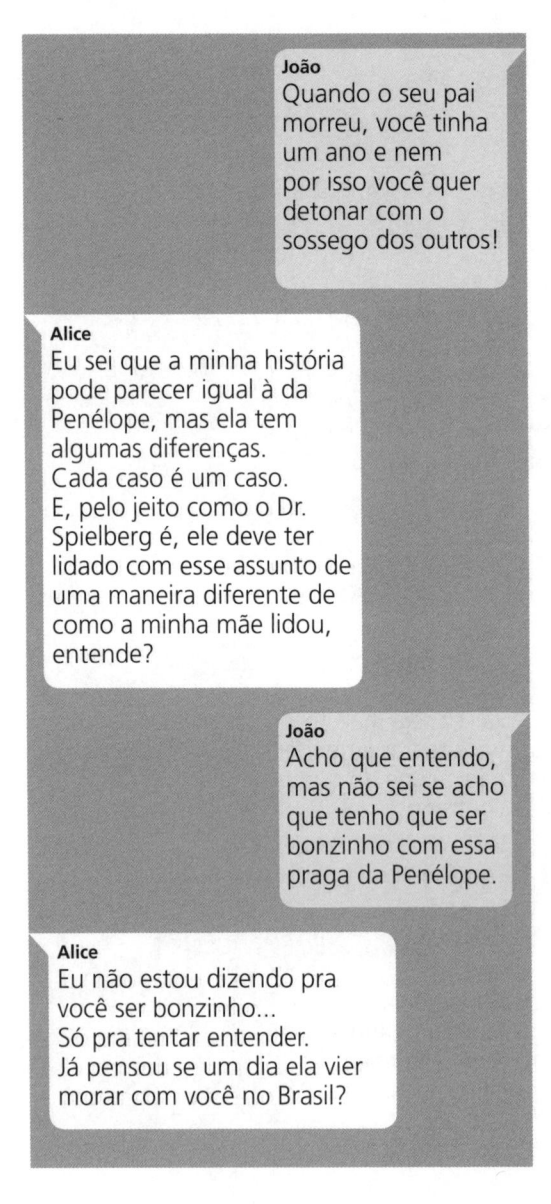

João
Quando o seu pai morreu, você tinha um ano e nem por isso você quer detonar com o sossego dos outros!

Alice
Eu sei que a minha história pode parecer igual à da Penélope, mas ela tem algumas diferenças.
Cada caso é um caso.
E, pelo jeito como o Dr. Spielberg é, ele deve ter lidado com esse assunto de uma maneira diferente de como a minha mãe lidou, entende?

João
Acho que entendo, mas não sei se acho que tenho que ser bonzinho com essa praga da Penélope.

Alice
Eu não estou dizendo pra você ser bonzinho...
Só pra tentar entender.
Já pensou se um dia ela vier morar com você no Brasil?

Eu ainda não tinha pensado nisso. E nem queria pensar nesse tipo de pesadelo do qual a gente nunca acorda. Era muita coisa ao mesmo tempo. Não é toda hora que a mãe da gente se casa pela segunda vez. Ainda mais que depois de uns seis meses que a minha mãe (que se chama Cristina e é advogada) se casou com o Doutor Spielberg (que também é advogado), ela ficou grávida. Ficou e continua.

Eu sei que falar a profissão da minha mãe e do Doutor Spielberg aqui não teve muito a ver. Mas já que em algum lugar eu ia ter que escrever isso, achei melhor falar logo. Assim, todo mundo fica sabendo que na minha vida tudo é bem sério e que, às vezes, as nossas conversas ou brigas se parecem com um julgamento.

O meu pai é artista plástico e continua solteiro. Pelo menos por enquanto.

Mas, voltando ao nosso assunto, esse final de gravidez da minha mãe tá parecendo um século. Nove meses é muito tempo pra alguém esperar um filho. Nós, humanos, devíamos ser iguais aos coelhos. Dois meses de gravidez e já estava tudo pronto. Pensando bem, se fosse assim, tão fácil, o mundo ia ter muito mais gente, e eu, muito mais irmãos ou meios-irmãos. Não. É melhor a gravidez demorar mesmo.

Pra um garoto como eu, é muito esquisito ficar esperando o primeiro meio-irmão de verdade. Eu digo **de verdade** porque a Penélope, filha do marido da minha mãe, eu não tenho obrigação nenhuma de considerar como meia-irmã. Principalmente sendo a Penélope **o que** ela é.

Quem leu o *João e seus meio irmãos: o casamento da mãe do João* sabe muito bem do que eu estou falando. E quem não leu, daqui a pouco já vai ficar sabendo. Ninguém precisa ficar muito tempo perto da **Se Achenta** da Penélope pra saber que tipo de pessoa ela é.

O nenê que vai nascer é menino. Minha mãe me mostrou o ultrassom que ela fez, aquele exame em que dá pra ver o sexo do nenê. O resultado do exame sai em um tipo de foto que, na verdade, parece xérox de fotografia de verdade. E lá, sinceramente, eu não conseguia ver sexo nenhum. Mas a minha mãe, o Doutor Spielberg e toda a torcida uniformizada do meu meio--irmão conseguiam ver que ali tinha um menino.

Quando fiquei sabendo que era um cara, a primeira ideia que me veio na cabeça foi de que era mais legal ter um meio--irmão do que uma meia-irmã. Mas logo essa primeira ideia foi substituída pela segunda, muito melhor e que dura até hoje: bom mesmo é não ter droga de meio-irmão nenhum.

Todo mundo lá em casa só fala dele. Só pensa nele. Até a Filó, a empregada que eu e a minha mãe levamos da nossa casa antiga quando fomos morar no superapê do Doutor Spielberg, que sempre foi mais do que minha chapa, está doida pra ver a **carinha linda que deve ter o meu irmãozinho**. Essa frase mais escura é o que a Filó sempre me diz, tentando disfarçar que ela está animada demais com esse meio-irmão que está pra chegar.

Tô com ciúme, sim! Duvido que tenha alguém da minha idade que, quando vai ganhar um irmão, não fique com pelo menos meio quilo de ciúme desse cara que vai chegar e que pode acabar com o seu sossego. Ainda mais um cara que vai ser filho da mãe e do pai que moram na casa, e você, que é filho do primeiro casamento da sua mãe, é filho só da metade dos pais dessa casa onde você mora.

Ainda bem que os meus avós, por parte do meu pai, vão continuar tendo somente eu como neto.

Com esse monte de coisas verdadeiras pra pensar, como é que eu ia ficar me preocupando em criar pesadelos que eu nunca queria que acontecessem, como a Penélope vir morar no Brasil?

Mas eu devia ter pensado. Pelo menos um pouco.

— POSSO ENTRAR, JOÃO?

Não. A minha mãe não podia entrar no meu quarto coisa nenhuma. Mas, como sempre, não ia adiantar nada eu dizer isso a ela. O que adianta ela perguntar se pode entrar, se a resposta nunca vai mudar a vontade dela de invadir o meu esconderijo com os trezentos quilos de barriga de mãe grávida?

A risadinha que eu mandei pra ela por cima do notebook foi mais encardida do que um pano de chão. Eu estava navegando na internet. Dessa vez não era site de piada. Estava procurando no site da NASA umas coisas que eu precisava pra fazer um trabalho de escola: **Como vivem os astronautas**. O assunto era muito interessante. Mas eu só encontrava coisas em inglês. Como ainda não entendo muito de inglês, eu estava lendo bem devagar. Por causa disso, toda hora eu tinha que voltar para pegar de novo o sentido da frase. E, é claro, eu estava com um humor mais encardido do que a minha risadinha.

— Estou te atrapalhando?

— Estou estudando.

— No notebook?

— Acredite se quiser.

— Você tem certeza de que não está em nenhum jogo online?

Puxa. Eu não tinha falado que estava estudando?

— Custa você acreditar um pouco em mim, mãe?

O mau humor me deixa muito afiado. Mas a minha mãe também estava. A gravidez tinha deixado ela mais afiada do que a ponta de uma estalagmite, aquelas pontas de cristal que se formam nas cavernas.

— Se você não inventasse tantas mentiras, João, quem sabe eu conseguisse acreditar um pouco mais em você.

Fui obrigado a calar o bico. Ela tinha razão. Eu tinha mentido pra ela. Eu disse que ia fazer um trabalho no Instituto Butantan e fui com os caras da minha classe para o shopping. Mas também os caras saem sozinhos direto e a minha mãe nunca me deixa sair com eles. Só se o motorista do Doutor Spielberg for me levar e me buscar. Foi por isso que eu menti. Mas foi só uma mentira. No singular. E não **tantas mentiras** no plural, como ela tinha falado. Mas quem é que consegue explicar pra uma mãe que uma coisa é singular quando ela coloca na cabeça que é plural? Ainda mais uma mãe advogada e grávida de nove meses.

Aí, ela chegou mais perto da minha cama, viu o símbolo da NASA no notebook e perguntou, bem interessada:

— Você está conseguindo ler em inglês, João?

— Yeees!

Não era mentira! Eu só tinha aumentado um pouco.

— E o que você foi fazer na NASA?

Respondi bem seco:

— Bater papo com os ETs que os astronautas trouxeram de Marte.

— Tudo bem, João. Acredito que você está fazendo um trabalho de escola.

— Não precisa se incomodar.

— Não quero te atrapalhar, filho. Depois eu volto.

Quando ela já estava saindo, eu chamei:

— Pode falar agora, mãe. A conexão tá muito lenta. O que você quer me falar?

Aí, a minha mãe voltou e se sentou na minha cama, o que significa que ela ficou bem ao meu lado.

— É sobre a Penélope.

Eu sabia que boa coisa não era. Ultimamente, a minha mãe só falava comigo sobre o nenê que ia nascer, sobre a chegada da queridinha filha do marido dela que ia ter que passar uns tempos na minha casa, pra me dar alguma bronca ou pra repetir alguma bronca que ela já tinha me dado, como essa da mentira que eu contei.

Eu bufei. E ela falou:

— Esse som que você está fazendo ficava muito bonitinho quando você tinha três anos de idade, João. Agora, francamente...

— O que você quer, mãe: que eu solte um rojão pra festejar a chegada do único habitante do Sistema Solar inteiro que eu não suporto?

— Não. Só quero que você me escute.

Deixei o notebook de lado, cruzei os braços e encarei os olhos da minha mãe:

— Tô escutando.

— Preciso da sua ajuda.

Eu não tinha entendido.

— O quê?

Com a resposta da minha mãe, eu entendi menos ainda:

— Eu preciso que você cresça.

— Não estou entendendo.

— João, você sabe que eu tento de todas as maneiras compreender você e respeitar as nossas diferenças. E isso nem sempre é fácil pra mim. Nós já conversamos muito sobre isso.

Nós já tínhamos conversado mesmo. Quanto mais eu cresço, mais diferente da minha mãe eu fico. Eu continuei quieto porque sabia que com isso a minha mãe ia entender que eu estava concordando com ela. E ela continuou:

— Deixando de lado as nossas diferenças, eu também entendo que eu não tenho sido muito generosa com você. Não sei se sou exatamente eu, ou a vida. Mas alguém anda muito exigente com você. A minha separação com o seu pai, o meu casamento com o Heitor, a chegada de um irmão...

— Meio-irmão.

Eu disse aquilo pra deixar bem claro que considerava o filho dela com o Doutor Spielberg só metade irmão e não totalmente irmão. E ela falou:

— Não concordo com essa ideia de **meio-irmão**. Mas não vamos discutir isso agora.

— Acho bom a gente discutir, sim, mãe, porque essa é uma das coisas que tem me deixado muito cabreiro.

— As gírias, João.

Minha mãe fica muito brava quando eu uso gírias. Mas se eu falasse muito **intrigado** no lugar de muito **cabreiro**, quase ninguém ia entender.

— Tá, mãe. Mas eu não consigo sentir que esse seu filho vai ser totalmente meu irmão. Eu e ele somos filhos de pais diferentes.

— Isso muda alguma coisa?

— Muda pelo menos a metade das coisas. Ainda mais conhecendo a outra filha do pai dele e sabendo exatamente como essa garota é.

Estava na cara que a minha mãe não sabia o que dizer. Mas depois de um tempo, ela arrumou uma boa desculpa.

— Vamos deixar pra resolver essa coisa de irmão ou de meio-irmão depois que o nenê nascer?

Pensei um pouco, falei um **Tá bom** meio sem vontade e fiquei só ouvindo o que a minha mãe queria me dizer:

— Onde é que eu tinha parado mesmo?

— Você tá enrolando muito, mãe, com essa história de a vida ser exigente comigo e tudo. Isso é coisa que se fale pra um cara de doze anos?

— Mas é verdade, filho. Eu entendo que é difícil pra sua cabeça aceitar tantas mudanças. E ainda mais agora, que a Penélope vem para o Brasil.

Minha mãe tinha dado a maior volta. Mas acabou voltando para o assunto preferido dela: a Penélope.

— O que é que tem a ver eu crescer com a Penélope?

— A avó dela está muito mal, meu filho.

— Deve ser por culpa da **Se Achenta**.

— Você sabe que não, João. Ela sofre da mesma doença nos rins que matou a mãe da Penélope, quando ela ainda era uma criança. Uma doença rara.

— Tô ligado.

A minha mãe já ia reclamar do **Tô ligado**, mas só fez aquela cara de quem vai reclamar, antes de continuar:

— Ao que parece, desta vez a avó dela não escapa da crise e pode ser que a Penélope fique com a gente por mais tempo do que você gostaria. É um momento delicado, filho. A menina perdeu a mãe numa idade em que ela já entendia o que estava acontecendo. E agora, com a saúde da avó dela piorando...

Minha mãe sempre enrola um pouco quando vai me falar alguma coisa. Mas eu estava entendendo bem o que ela queria.

— Entendi. Você quer que eu tenha um pouco de paciência com ela. É isso?

— O máximo de paciência que você conseguir. Eu vou estar nos últimos dias de gravidez. E depois que o nenê nascer, vai ser mais complicado ainda.

— Você sabe que ela não é fácil, né, mãe?

— Na idade em que vocês estão, João, ninguém é muito fácil. Nem você.

Silêncio total. Ninguém sabia muito bem o que dizer. Quer dizer, eu sabia. Mas não sabia se devia dizer o que estava pensando. Acabei dizendo:

— Mãe, eu não consigo sentir pena da Penélope.

— Não seja tão frio, João.

— Mas não tem nada a ver com eu não gostar dela.

— Agora quem não está entendendo sou eu.

— É engraçado. Eu entendo que a Penélope já passou por coisas mais complicadas na vida do que eu. Mas acho que ela é uma garota forte e consegue tirar de letra os problemas que ela enfrenta.

Minha mãe arregalou um pouco os olhos:

— Você está elogiando a Penélope, João?

— Só estou reconhecendo que ela não é uma garota daquele tipo que chora à toa, que vive no mundo da lua sonhando com os *web-stars* de cabelos arrumadinhos!

— Eu acho, João, que, se você aceitar conviver com ela sem defesas, vocês podem acabar se entendendo.

— Como assim "sem defesas"?

— Como é que eu vou te explicar? Quando a Penélope chegar, não fique achando que ela vai ser grossa com você antes de ela ser de verdade. Ou não fique julgando a menina pelo que já aconteceu. Espere as coisas acontecerem de novo.

— Tá legal, mãe. Você acha que a Penélope mudou? "Aquilo" não muda nunca. Ela veio com defeito de fabricação.

Minha mãe ficou muito brava com o que eu falei:

— Eu já disse pra você não chamar ninguém de **aquilo**. E isso não é coisa que se diga.

Aí, eu fiquei muito chateado:

— Você já reparou quantas vezes por dia você defende a Penélope?

Minha mãe fez que não ouviu a minha pergunta. E me fez outra:

— Estamos conversados, João?

E tinha alguma outra alternativa? Mesmo que eu dissesse **Não, não estamos conversados coisa nenhuma**, não ia adiantar nada. Eu falei:

— Acho que estamos.

— **Acha** ou estamos?

— Tá bom. Estamos.

— Vou pro meu quarto, descansar um pouco que essa barriga está muito pesada.

Quando ela estava quase saindo do quarto, perguntei:

— Quando a Penélope chega, mãe?

— Amanhã.

Acabou-se o meu sossego.

PENA QUE LIVRO NÃO TEM SOM. Se tivesse, neste começo de capítulo, no lugar das frases, vocês iam ouvir uma porta batendo.

E fazendo um estrondo maior do que a hora em que o *Titanic* se chocou contra o *iceberg* no mar gelado da Inglaterra. A porta que vocês iam ouvir bater é a do apê do meu pai. Onde eu fui parar depois da escola. E quem bateu a porta fui eu. Óbvio. Errei a rota de casa de propósito. Foi por querer que fui parar na casa do meu único, exclusivo e inesquecível pai.

— Vai derrubar a porta, cara.

Foi o que o meu pai me disse. Com a voz mais curiosa do que brava. Ele me conhece muito bem pra saber que só fiz aquilo porque estava mal. Muito mal. Eu nem tinha conseguido prestar atenção nas aulas.

— Tomara que essa porcaria de porta caia em cima de mim e que acabe de uma vez com esse pedaço de resto que sou eu.

Foi aí que o meu pai coçou um pouco a barba e me olhou por cima dos óculos escuros. Além dos óculos, ele já estava com a mochila de couro no ombro. Sinal de que o cara estava de saída.

— Já vi que vou ter que mudar os meus planos.

Depois de dizer isso, o meu pai jogou a mochila no sofá, tirou os óculos e chegou mais perto de onde eu estava, pra falar:

— Essa é uma boa hora pra um pai perguntar ao seu querido, único, exclusivo e inesquecível filho **o que está acontecendo?** Pergunto ou não?

Meu pai não estava tirando sarro de mim. Ele só tentou me deixar à vontade pra dizer ou não o motivo daquela minha cena de filhote de leão quase mimado.

— Droga!

Foi o que eu disse. Sei que não é muito criativo dizer **Droga!** quando se está bravo, nervoso ou coisa parecida. Mas não sou um cara muito criativo mesmo.

— Droga!

Repeti. Mas antes de repetir, joguei com toda a força que tenho a minha mochila contra uma das paredes da sala. Pensei que isso fosse me deixar aliviado. Mas, que nada. Além de tudo o que já estava sentindo de esquisito, passei a me sentir também um perfeito imbecil e mais que um perfeito idiota.

Mas, em vez de parar de dizer **Droga!**, entrei pelo corredor repetindo essa palavra um milhão de vezes e sempre em um volume diferente.

Aí entrei no banheiro. Bati a porta com mais força ainda. Eu estava ficando craque em bater portas. Abri a torneira da pia, do bidê, da ducha, o chuveirinho da mangueira da ducha e fui fazer xixi.

Eu não tinha a menor ideia do porquê estava fazendo aquilo. Quer dizer, o xixi, eu sabia. Óbvio. Mas as outras torneiras, eu não sabia por que eu estava abrindo.

Meu pai foi atrás de mim. Abriu a porta do banheiro, entrou e começou a fechar as torneiras que eu tinha aberto.

A minha vontade era dizer **Sai daqui**. Mas é claro que eu não disse.

Meu pai é muito mais legal pra brigas e broncas do que a minha mãe. Mas se eu folgar muito, o cara também pode pegar pesado e me fazer entender em menos de um segundo quem é o pai e quem é o filho aqui nesta história.

Depois que dei a descarga, fui lavar as mãos e, pelo espelho, vi o meu pai encostado no batente da porta, com os braços cruzados, alisando a barba e me olhando com a maior cara de quem não tinha entendido praticamente nada.

— Vai, pai. Pode dizer aí o que você está pensando!

O meu pai ficou quieto. E eu continuei:

— Fala que eu estou sendo infantil, ridículo, cabeçudo...

Eu parei, pra deixar ele concordar comigo. Mas, nada. O cara continuava quieto, alisando aquela barba ridícula. A barba dele não é bem ridícula, até que ela é legal. Mas eu estava achando tudo ridículo. Acho que é porque eu estava sendo muito ridículo. Depois de enxugar as mãos, fui saindo do banheiro.

Mas o meu pai pôs a mão aberta no meu peito, pra eu parar. E eu parei mesmo. E encarei os olhos dele. De baixo pra cima. Como ele não disse nada, eu falei:

— Quer fazer o favor de me ajudar.

Nada de o meu pai abrir a boca. Aí, fiquei muito bravo e perguntei:

— Dá pra você me explicar o que está acontecendo? Até os doze anos, essa foi a frase mais sem sentido que eu tinha usado. Ouvir o som daquelas palavras foi muito louco. Não tinha nada a ver eu dizer aquilo. Eu deveria é estar ouvindo essa pergunta sair da boca do meu pai.

O meu pai tirou a mão do meu peito e, com a maior calma do mundo, falou:

— Fala, filho.

Isso me deixou mais irritado ainda:

— Fala você, pai, me dá uma bronca, um soco, sei lá... faz alguma coisa pra eu parar.

— Parar o quê?

— Eu chego na sua casa batendo portas, dizendo drogas, abrindo torneiras, sendo mal-educado... e você fica só na retaguarda, que nem um gandula, pegando as bolas que sobram fora da área.

— E já não está bom?

Fiquei confuso com aquela resposta. E o meu pai continuou:

— Se eu entrar na sua, nós vamos brigar, não vamos chegar a nenhuma conclusão e, o que é pior, não vamos resolver o que está acontecendo dentro de você.

— Então, você percebe que tem alguma coisa acontecendo dentro de mim.

— Até os **ETs** do quadro da sala perceberam que tinha alguma coisa errada, quando você entrou.

Os ETs do quadro da sala têm um olhar muito estranho. Foi o meu pai mesmo quem pintou o quadro. Fui eu quem continuou o papo:

— E dá pra você me dizer o que é que está errado? Porque eu não tenho a menor ideia.

Dizer essas duas frases me deixou mais aliviado. Também, não sei se é porque eu tinha feito xixi. Quando entrei no apê, eu estava muito apertado. Meu pai, que me conhece muito e viu que as coisas estavam começando a melhorar, convidou:

— Vem comigo comprar tintas. No caminho a gente vai conversando.

Assim que entramos no 4x4 do meu pai, ele me entregou o telefone celular e falou:

— Liga pra sua mãe e diz que você está comigo.

Mudei totalmente de humor e disse um definitivo...

— Não.

— João, depois nós vamos levar a maior bronca.

— Ela vai me dar bronca de qualquer jeito, pai.

Meu pai deu uma risadinha bem sacana e disse:

— Foi com a sua mãe que você brigou.

Aí, eu voltei a ficar bravo:

— Foi com a minha mãe, com o querido marido dela e com a mais do que querida filha do marido dela. Quer dizer, com o

Doutor Spielberg até que não briguei. Eu e ele é que brigamos com a minha mãe e com a Penélope.

— Não entendi nada.

— Foi assim: eu briguei com a Penélope, porque ela mexeu no meu celular pra ver as horas e deixou ele cair. Como sempre, a minha mãe disse que eu estava exagerando. Que a Penélope tinha feito aquilo sem querer. Eu **provei** pra minha mãe que ela tinha feito aquilo de propósito. Mas, como nunca tenho razão quando essa menina está por perto, a minha mãe não acreditou em nada do que eu disse e aproveitou a cena pra me dizer um monte de coisas: que eu não estava colaborando com ela, que ela precisava de sossego para os últimos dias da gravidez... Aí, o Doutor Spielberg chegou, entendeu o que estava acontecendo e disse pra minha mãe:

"— **Cristina, você está exagerando!**

"E a minha mãe devolveu:

"— **Quem está exagerando é o João!**

"E eu disse:

"— **Quem está exagerando é a Penélope!**

"A Penélope, bem falsa, disse que quem estava exagerando era o Doutor Spielberg... e virou o maior bate-boca. A minha mãe começou a chorar. Disse que ninguém estava respeitando a gravidez dela e tudo. Só sei que, no final, ela está muito chateada comigo e toda amiguinha daquela **Se Achenta**.

"E depois, pai, quando a confusão toda já tinha acabado, a Penélope me encontrou no corredor e disse:

"— Tá vendo como é fácil deixar todo mundo contra você?

"Essa menina é uma praga, pai."

O meu pai estava prestando a maior atenção em tudo. E falou:

— João, neste momento, mais importante do que você resolver as suas diferenças com a Penélope é você tentar não forçar muito a barra e deixar a sua mãe tranquila.

— Tá vendo. Até você tá ficando contra mim.

— Deixe de ser bobo, garoto. Não é ficar do lado de um ou do lado de outro. Nem tudo na vida é uma partida de futebol, sabia? Eu só estou te dando um toque que esse momento é delicado pra sua mãe. As mulheres ficam muito mais sensíveis quando estão grávidas.

— Traduzindo o sensível: as mulheres ficam piores, mais chatas, mais bravas e mais protetoras das filhas dos seus segundos maridos.

Eu disse isso bem bravo.

— Filho, você também está muito sensível. Pega leve. Só nesse papo, deu pra perceber que você está com ciúme da sua mãe, do seu irmão, da filha do marido da sua mãe... parece que o seu ciúme do segundo marido da sua mãe já passou.

Do jeito como o meu pai falou o que está depois dos três pontinhos, parecia que ele estava com um certo ciúme de eu não estar mais sentindo ciúme do Doutor Spielberg.

Gostei de o meu pai ter sentido ciúme de mim. Tanto gostei, que falei pra ele:

— É... você também tá com ciúme, né?

— Estou. Mas não é só por isso que falei sobre o Heitor.

O meu pai só chama o Doutor Spielberg de Heitor quando o assunto é sério.

— Chi, pai. Vai falar alguma coisa séria?

Foi o que perguntei, já um tanto quanto desconfiado. Aí, o meu pai deu aquela **limpadinha na garganta** de quem vai dizer alguma coisa importante, e:

— Eu não vou te enrolar, João: já que você está aceitando bem o segundo marido da sua mãe, fico mais tranquilo pra falar com você sobre a Helena.

— Helena?

— **JOÃO, ESTA É A HELENA.** Helena, este é o meu filho João.

Foi o que o meu pai disse, assim que ele e uma bela loira de olhos azuis pararam na minha frente, no berçário da maternidade onde minha mãe tinha ganhado o **Heitorzinho**, o primeiro e ridículo meio-irmão da minha vida.

A loira arregalou um pouco mais os olhos azuis que já eram bem grandes, abriu um sorriso mais do que lindo e pegou na minha mão:

— Prazer em te conhecer, João.

Depois disso, ela me deu um beijo no rosto. Além de linda, ela usava um perfume muito bom.

— Eu já te conheço.

Foi o que eu disse, tentando me lembrar de onde eu conhecia aquele rosto lindão. Nisso, chegou perto da gente uma enfermeira, com um papelzinho em branco e uma caneta nas mãos.

— Desculpe incomodar vocês, mas você não é a Helena Buzar?

Como se já estivesse muito acostumada a esse tipo de pergunta, a Helena se virou pra enfermeira e abriu um sorriso, um pouco menos simpático do que o que ela tinha sorrido pra mim, mas também simpático:

— Sou.

E a enfermeira continuou, mais animada ainda:

— Sou sua fã, Helena. Será que você podia me dar um autógrafo?

— Claro. Qual é o seu nome?

Enquanto eu olhava a Helena assinar alguma coisa no papelzinho da enfermeira, fui me lembrando que ela fazia um comercial na TV anunciando um novo sabonete. Mas não era por causa do comercial de sabonete que a enfermeira queria o autógrafo da Helena. Era porque ela é atriz. Já trabalhou em algumas novelas e tudo o mais.

— Por que é que faz tanto tempo que você não faz novelas, menina? — perguntou a enfermeira, já se achando um tipo de amiga da Helena.

— Porque eu não estou contratada por nenhuma emissora de TV.

Olhei pro meu pai. Ele estava feliz. Mas já começando a ficar de saco cheio e cochichou pra mim:

— É assim o tempo todo, João.

— Ela é famosa, pai?

— Mais ou menos.

— Onde você conheceu ela?

— Ela foi no Galpão com uma amiga minha pra comprar um quadro.

— Por que você não me disse que a Helena era atriz?

— Eu queria te fazer uma surpresa.

— Mas ela é loira, pai!

Meu pai sempre foi apaixonado e paquerador de morenas.

— Essas coisas a gente não controla, filho.

Nisso, a enfermeira já estava se despedindo, e a Helena voltou a falar comigo.

— Desculpe, João, mas é o mínimo que eu posso fazer. O público é sempre tão legal. Faz tempo que não trabalho na televisão e eles ainda se lembram de mim.

Aí, dei uma risadinha pra Helena, pra mostrar que fui com a cara dela, e disse:

— Eu nunca tinha conhecido uma atriz de verdade antes.

— Obrigado pelo **de verdade**. Qual é o seu irmão?

Foi o que ela perguntou virando os olhos azuis para as crianças que estavam nos berços atrás do vidro do berçário.

— Aquele ali, com as roupas mais cheias de frescuras.

Ela achou graça no que eu tinha falado, e:

— Não dá pra ver direito. Quando nascem, as crianças têm quase todas a mesma cara de joelho, né?

Gostei da comparação.

— Mas o meu irmão, o **Heitorzinho**, não dá pra confundir: ele tem cara de rótula fraturada!

Falei o nome dele de um jeito bem detonador. Meu pai, mesmo tendo achado graça, me deu uma pequena bronca:

— Não fala assim, João.

— Mas é verdade, pai. E mais, acho ridículo colocar no filho o nome do pai.

— Eu também acho. Falta de criatividade.

Foi o que a Helena disse, concordando comigo. Ela não falou isso pra me agradar e nem criticando minha mãe e o Doutor Spielberg. Estava na cara que essa era a opinião dela mesmo.

— Você tá pronto, João?

Foi o que meu pai perguntou. Eles tinham ido me buscar pra almoçar.

— Você não vai subir no quarto pra falar com a minha mãe?

Meu pai pensou um pouco antes de responder:

— Hoje não.

Deixei quieto. Um encontro entre os dois casais poderia deixar a minha mãe nervosa e só fazia um dia que ela tinha ganhado o meu meio-irmão.

Até que os últimos dias da gravidez da minha mãe foram mais ou menos tranquilos. Mais ou menos porque é impossível um final de gravidez tranquilo quando se tem por perto alguém como a Penélope.

Mas se eu ficar falando muito sobre a minha briga com a Penélope, ela vai ganhar muita importância nesta história. E ela não merece. Se aqui fosse um filme, o nome dela seria o último a aparecer no letreiro.

Do **Heitorzinho**, sim, eu preciso falar. Afinal, ele é o meu primeiro meio-irmão. Mas não vou falar nele agora, não.

Voltando pra hora do berçário:

— Vou lá pro quarto pegar minha mochila.

— A gente te espera aqui do lado do berçário, tomando um café.

— Tá legal.

Quando eu já estava indo pegar o elevador, o meu pai disse:

— Diz pra sua mãe que eu mandei um beijo e que depois falo com ela.

— Falou, pai.

Eu respondi, sem nem virar pra trás e entrei no elevador.

Pouco depois estávamos eu, a Helena e o meu pai no carro dele. Fazia tempo que eu não me sentava no banco de trás. Acho que desde que os meus pais tinham se separado. Me senti um pouco jogado pra segundo plano. Mas só um pouco. Eu tinha ido com a cara da Helena. Foi aí que me lembrei de perguntar uma coisa pra ela:

— Você tem algum filho?

Ela olhou um pouco surpresa para o meu pai, que fez uma cara de gato que arranhou a tela do computador do seu dono.

— O João não sabe, Dani?

Nunca tinha ouvido ninguém chamar o meu pai, que se chama Daniel, de Dani. Nem os pais dele. Mas, em vez de responder pra ela que eu **ainda** não sabia de nada, o meu pai me olhou pelo retrovisor e soltou a bomba que devastou todo o Sistema Solar daquela minha manhã ensolarada:

— A Helena tem quatro filhos, João.

A primeira imagem que me veio na cabeça foram quatro Penélopes.

Iguaizinhas. Mal-intencionadas. Demolidoras. E me olhando com aquela cara inesquecível de quem quer acabar com a minha alegria. Me deu vontade de dizer: **"Para essa porcaria de história que vou sair fora! Que se dane que aqui ainda é o capítulo quatro."**

Mas já pensou, você chegar numa livraria, comprar um livro sobre um filho de pais separados e quando você menos espera, no meio do capítulo quatro, a história acaba porque o personagem principal, o cara que tá contando o troço todo, resolveu dar o fora, só porque ele não aguentou saber que a namorada do pai dele tem quatro filhos? Ninguém ia gostar, né? E mais, eu já estou um tanto quanto crescido pra fazer esse tipo de criancice. Então, resolvi engolir em seco aquele **milkshake de jiló com cobertura de pregos**, e falei só:

— Ah.

A Helena, com aquele jeito decidido, mas sem brigar nem nada, perguntou:

— Por que você não disse nada pro João sobre as crianças?

Eu queria só ver o que o meu pai ia responder. E vi mesmo. Quer dizer, ouvi:

— Achei melhor as coisas acontecerem naturalmente, Helena.

Quem conhece pelo menos um pouco o meu pai sabe, pela cara que ele fez, que o cara estava é com medo do que eu ia achar. Ele, melhor do que ninguém, sabe que sou alérgico a irmãos, meios-irmãos e outras viroses...

Não sei muito bem o porquê, mas acho que foi pra dar uma força pro meu pai, que eu falei:

— Acho que ele achou melhor você dizer, Helena. Afinal, os filhos são seus, né?

Meu pai gostou da minha desculpa, e a Helena, que entendeu que eu estava tentando proteger o meu pai dela e de mim mesmo, também gostou do que eu disse. E falou:

— Eu tenho uma filha do meu primeiro casamento, a Juliana. Ela está com quinze anos. Depois vem a Joana, de quatorze, o Joaquim, de treze, e o José, que tem a sua idade. A Joana, o Joaquim e o José são filhos do meu segundo casamento.

— Você já foi casada duas vezes?

— Três. O pai da Juliana morreu e dos outros dois maridos eu me separei. Com o terceiro marido eu não tive filhos.

Me deu vontade de perguntar pra Helena:

"E namorados, quantos você já teve?"

Mas achei que essa curiosidade era um tanto quanto mal--educada.

E, também, isso não tinha muita importância. Ainda. Explico: eu não sabia se aquele namoro da Helena com o meu pai ia durar muito tempo ou não.

Mas uma coisa estava me deixando intrigado: depois que os meus pais se separaram, ele já tinha tido algumas namoradas, mas eu só tinha conhecido elas por foto. O meu pai não me apresentou pra nenhuma. Só pra Helena.

Enquanto eu estava pensando essas coisas, fui parar bem longe do carro. Tanto que eu nem estava mais escutando o que a Helena dizia. Até que ela me chamou:

— João!

Foi como se eu fosse um balão e ela tivesse me puxado pela cordinha:

— Quê?

— Tá dormindo?

Aí, **acordei** e menti pra ela:

— Não. Estou prestando atenção.

— Responde à minha pergunta.

A Helena pediu. Eu não sabia o que responder. E disse a primeira coisa que me veio na cabeça:

— Legal.

— Então você acha legal?

Sem saber do que eu estava falando, concordei:

— Acho.

Aí, a Helena abriu aquele sorriso lindo pro meu pai e disse:

— Então vamos lá pra casa, pro João conhecer a Juliana, a Joana, o Joaquim e o José.

Por que eu fui dizer aquele ridículo **Legal**?

NO CAMINHO, A HELENA TENTOU LIGAR do celular
para os quatro filhos dela. Várias vezes. Muitas vezes. Ninguém
atendia. Depois da última tentativa, ela disse:

— Eles **nunca** me atendem...

Eu tentei ajudar:

— Por que você não manda mensagens?

— Eu prefiro falar...

— Mas não tá falando...

Nem precisava alongar mais a conversa. Logo chegamos no
prédio da Helena. Ele é mais ou menos parecido com o prédio
onde mora o meu pai e onde eu também morei até que os
meus pais se separaram e a minha mãe se casou com um cara
muito rico que é o Doutor Spielberg, o que me fez mudar para
um superapê de cobertura. Esses prédios iguais aos da Helena e
do meu pai são meio engraçados. A portaria, o jardim, o play e
a piscina (quando tem) são bem grandes. Agora, o apartamen-
to mesmo, onde a pessoa mora, é tudo meio pequeno.

Os caras vendem os apartamentos dizendo que eles têm três quartos, mas, na verdade, o terceiro é sempre muito pequeno. Isso sem falar no quarto da empregada que deveria se chamar **armário da empregada**.

Os Dolly e a Alice, que moram no prédio do meu pai, e a maioria dos meus amigos, vivem em apartamentos iguais ao da Helena.

Quando entramos no apê, tinha um monte de coisas funcionando ao mesmo tempo. Cada uma com seus próprios barulhos. Uma TV. Alguém ouvindo música de uma banda pop-rock que eu não conhecia. Um chuveiro. Um videogame. E um liquidificador.

No sofá da sala, tinha um loiro cabeludo deitado, com uma bermuda muito larga e uma camiseta de algum time de futebol. Ele estava assistindo a um programa só de videoclipes de um canal da TV a cabo. O cara era um pouco maior do que eu e estava com os pés pra fora do sofá, quase encostados na parede.

Em vez de falar **Oi, mãe** ou coisa parecida, o cara já foi logo se defendendo:

— Eu não estou com os tênis no sofá, mãe.

A Helena deu aquela risadinha de quem não estava se importando muito com isso e deu um beijo no rosto do cara.

— Joaquim, levanta pra cumprimentar o Dani e o João.

Foi o que disse a Helena, de um jeito bem amigo. Com um pouco de preguiça, o cara se levantou, se espreguiçou e, sem desgrudar os olhos da tela plana da TV, deu a mão pro meu pai.

— Fala aí, Dani.

— Oi.

Pelo **Fala aí** e pelo **Oi**, parecia que os dois iam muito um com a cara do outro. Aí, o cara me olhou, me deu a mão e falou:

— Fala, João.

Eu devolvi um **Fala, Joaquim** e dei uma espiada na tela da TV. Agora, estava passando o novo clipe da La Chica Rubia, uma das minhas bandas de rock preferidas. O Dolly 1 já tinha postado esse clipe na página dele fazia um tempo. Eu curti e compartilhei. Todos os meus amigos curtiram. Só a Alice é que tinha achado a música pesada demais. Era muito bom. E a batida da música, então, nem se fala!

— Chama os seus irmãos pra conhecer o João.

Achei a ideia péssima. Bem na hora do clipe da La Chica Rubia? Eu ia ter praticamente a vida inteira pra conhecer os filhos da Helena. O Joaquim falou:

— Não acho uma boa ideia, mãe.

Ainda bem. Estava na cara que ele também estava muito mais interessado em assistir ao clipe do que em chamar os irmãos dele.

— Por quê?

Perguntou, curiosa, a Helena.

— Irmãos em ação.

Disse o Joaquim. Como se fosse um nome de filme. Mas era um código.

A Helena deu outra risadinha e traduziu pra mim e pro meu pai o que o Joaquim tinha falado:

— Ele quer dizer que a Juliana deve estar falando com o namorado que está no Japão, o José jogando videogame e a Joana tomando banho. Não há nada que tire os três dessas atividades.

O Joaquim percebeu que eu estava curtindo o clipe. Gostou disso e falou:

— Senta aí, João.

Mais do que depressa eu me sentei.

— Os caras são os melhores.

Foi o que eu disse, enquanto me sentava. O Joaquim concordou e discordou ao mesmo tempo:

— Sabia que eles vão fazer show no Brasil?

— Tô ligado. Eu e os meus amigos já compramos ingressos para os três shows.

— Quem me dera ter dinheiro pra isso... só vou no último dia, que tá mais barato!

Depois dessa reclamação do Joaquim, o meu pai falou:

— Vamos lá dentro conhecer os outros, João.

— Espera um pouquinho, pai.

Aí, eu ouvi um estrondo. Parecia que alguém tinha dado um murro na porta do banheiro. Logo depois do som do murro, deu pra ouvir a voz de um menino:

— Sai logo daí, sua...

Depois do **sua**, o cara tinha falado uma palavra que deu pra eu entender muito bem. Mas se eu repetir aqui, este livro vai ter que ser colocado na prateleira de livros proibidos. Melhor eu parar no **sua**... Pra bom entendedor, três pontinhos dizem mais do que mil palavrões.

Da sala mesmo, a Helena gritou:

— Olha a boca, José.

E o José apareceu no corredor. Muito bravo. E se defenden-do ao mesmo tempo:

— Já faz mais de uma hora que a Joana está fechada no banheiro. Eu vou fazer xixi em cima da cama dela e depois...

Bem nessa hora, o José chegou na sala e viu que a Helena estava acompanhada. E ficou muito envergonhado.

— Desculpa, Dani. Essa mala sem alça e sem rodinha da Joana só me faz...

Aí, ele parou de falar de novo porque me viu sentado no sofá ao lado do Joaquim. O clipe da La Chica Rubia já tinha acabado. O José me encarou e arregalou um pouco mais os olhos. Ele era um pouco menor do que eu, estava com a cabeça raspada e se parecia muito com a Helena. Foi o Joaquim quem falou primeiro:

— Esse aqui é o João, o filho do Dani. João, esse é o José, o meu irmão pequeno.

Tinha o maior tom de sarro o jeito que o Joaquim falou do irmão dele. Mais uma vez, o José se defendeu atacando:

— E esse aí do seu lado é o meu irmão travesti.

O Joaquim fez a maior voz de pouco caso pra rebater:

— Que criança engraçadinha. Leva ela pra se exibir no circo, mãe.

O José já ia partir pra cima do Joaquim. Mas a Helena foi mais rápida:

— Chega.

Foi o suficiente. Os dois ficaram quietos. Enquanto o José ia até o sofá e me dizia **Oi, João.** O som que vinha do corredor ficou menos abafado. Sinal de que a Joana tinha aberto a porta do banheiro. Do corredor veio uma voz de menina:

— Pronto, ô desesperado.

Aí, uma menina linda, enrolada em uma toalha apareceu na entrada da sala. Ela era tão loira quanto a Helena e tinha também os olhos tão azuis quanto os dela:

— Eu ouvi a sua voz, mãe?

Aí, ela viu o meu pai, me olhou, e soltou aquele grito de quem tinha encontrado uma barata no caminho:

— Aaaaaaaaaai.

E sumiu no corredor, dizendo:

— Tudo culpa sua, José.

— Minha? Tá louca.

A Helena deu uma risadinha e me disse:

— Essa era a Joana. Agora, só falta a Juliana.

Depois de dizer isso, a Helena chamou:

— Juliana.

De dentro de um dos quartos, a voz muito afinada de uma garota respondeu:

— Tô no Japão, mãe.

— Desliga um pouco, filha. O Dani está aqui com o filho dele.

— Já vou.

Aí, o José falou:

— Eu já volto.

E foi pro banheiro. Enquanto o José entrava, o Joaquim me falou:

— O José foi lá dentro, se vestir de Juliana. Ele é o José e a Juliana ao mesmo tempo. Daqui a pouco ele vai aparecer no corredor, descalça, com uma miniblusa e um short vermelho, quer ver?

O Joaquim falou aquilo bem baixinho e de um jeito muito sério, como se me contasse um segredo.

Não demorou muito e apareceu uma miragem deslizando no corredor. Como se fosse uma gata. Morena. De olhos azuis. Quase da altura da Helena. Descalça. Vestindo uma miniblusa e um short vermelho. Eu nunca tinha visto uma garota tão bonita na minha vida. Me levantei pra cumprimentar ela de um jeito tão rápido que parecia que tinha aparecido na minha frente um papa, um presidente, um pop star ou a maior autoridade do Sistema Solar. E juntos! Todo mundo que estava na sala me olhou, achando um pouco de graça em mim.

A Juliana, de um jeito suave e muito carinhoso, foi até a Helena e mandou o maior beijo no rosto dela:

— Oi, mã.

Depois, quase que flutuando, foi até o meu pai e também deu um beijo no rosto dele.

— Tudo bom, Dani?

E, finalmente, ela chegou até onde eu estava, segurou o meu rosto com as duas mãos mais suaves que já tinham tocado a minha pele e mandou o maior **beijaço** na minha bochecha esquerda.

— Você é o famoso João? Muito prazer.

Foi o que ela disse. Quase sem interesse, mas com muita delicadeza.

Aí ela se espreguiçou, falou o **Dá licença** mais educado que eu já tinha ouvido alguém dizer e sumiu de novo no corredor.

Depois de encontrar o meu queixo que tinha caído debaixo do sofá, consegui dizer **Muito prazer**. Mas já era tarde. Como toda boa miragem, a Juliana já tinha sumido no corredor.

Eu estava muito confuso: será que tinha sido uma miragem? Não. Ela era real. O que me deu essa certeza foram os porta--retratos que estavam em cima de uma das mesas da sala. Lá, tinha várias fotos da Juliana junto com os irmãos, com a Helena e com algumas pessoas que pareciam ser os avós deles e os maridos que a Helena já tinha tido.

Faltou eu falar quem estava usando o liquidificador. Era a Vera. Uma empregada que parecia ser muito legal. Ela estava usando o liquidificador pra fazer panquecas.

Bom, acabou que eu e o meu pai almoçamos na casa da Helena. Depois do almoço, enquanto o meu pai me levava pra minha casa, eu ia bem quieto no carro, sentado ao lado dele.

— Quê?

Foi o que eu perguntei. Pro meu pai repetir o que ele tinha me perguntado e que eu não tinha entendido.

— Perguntei se você perdeu a língua.

— Não. Tá aqui, ó.

Depois de dizer isso, mostrei a língua pra ele conferir. De brincadeira, é claro.

— Por que você está tão quieto, João?

Era claro que o meu pai estava curioso pra saber o que eu tinha achado da Helena e dos filhos dela. Pra falar a verdade, eu também estava curioso pra saber o que eu tinha achado. É. Porque até aquela hora, eu estava muito confuso. E também esquisito. Por dentro, eu me sentia tão quieto quanto por fora. Eu nunca tinha me sentido daquele jeito.

— Vai responder ou não vai?

— Por que eu estou tão quieto?

— É.

— Acho que é porque... não sei, pai.

Aí ficou um silêncio de uns dezoito segundos no carro. Depois disso, eu me virei pro meu pai e:

— Pai.

Chamei como se tivesse alguma coisa pra falar. Mas até aquele momento não tinha a menor ideia do que eu queria dizer.

— Oi.

Meu pai respondeu. E eu continuei, sem ter a menor ideia do que eu estava fazendo:

— Eu quero morar com você.

— DE ONDE VOCÊ TIROU ESSA IDEIA?

Parecia que o meu pai não tinha gostado muito da ideia, que eu achava que nem era minha direito. Eu é que tinha falado aquilo. Mas eu não sabia muito bem o porquê. Tive que falar alguma coisa:

— Acho que eu não vou ser muito feliz lá em casa.

— Por que você está dizendo isso: por causa do seu irmão ou por causa da Penélope?

— Por causa do José, do Joaquim, da Joana e da Juliana.

Foi o que eu respondi.

— O que é que têm os filhos da Helena?

Pensei. Pensei. Mas não conseguia entender o que estava passando pela minha cabeça. Parecia que eu pensava em árabe, em grego ou em alguma outra língua em que eu não faço a menor ideia do significado das palavras.

— Eles... eles... eles...

Como o meu pai viu que eu tinha praticamente atolado na resposta, o cara resolveu continuar:

— Nunca te vi assim, filho.

— Nem eu.

— Acho que sei o que está acontecendo.

Aquela frase do meu pai me deu o maior alívio. Mas fiquei quieto. Só pra ver onde ele ia chegar.

— Você se achou mais parecido com os filhos da Helena do que com a filha do Doutor Spielberg, não é?

Em vez de dizer **É**, porque é o que eu queria dizer, só falei:

— Continua falando, pai.

— Você gostou do clima da casa da Helena e achou que se você for morar comigo, sua vida vai ficar parecida com o que você viu lá, certo?

Acho que era isso mesmo. Depois daquela briga com todo o mundo, estava muito chato morar no apê do Doutor Spielberg. E eu tinha achado muito legal a casa da Helena, onde acontece um monte de coisas ao mesmo tempo. Onde tem outros caras da minha idade. E não é só isso: tinha um clima bem calmo lá.

Mesmo com as brigas dos caras, o que é normal, nada parecia muito sério.

Foi depois que eu pensei essas coisas que o meu pai me jogou um belo balde de água fria:

— Não sei onde foi que eu li, acho que foi em uma tira de humor no jornal... mas a ideia combina com o que nós estamos conversando.

— O que você leu, pai? Fala logo.

— **Cuidado com o que você acha do verde da grama da casa do vizinho. Ela pode ser artificial.**

— Você quer dizer que as coisas lá não são bem assim?

— Eu ainda não sei **direito** como são as coisas lá. A Helena é bem amiga dos filhos. E eles parecem gostar e respeitar ela de verdade. Mas eu nunca fiquei lá direto, pra saber como são as coisas vinte e quatro horas por dia, sete dias por semana, cinquenta semanas por ano.

Nessa hora me deu uma grande vontade de ser um pouco intrometido e perguntar uma coisa íntima pro meu pai. E perguntei mesmo:

— Você gosta muito da Helena, pai?

O cara pensou bem antes de responder:

— Gosto de tudo o que eu conheço dela **até agora**.

A resposta do meu pai me deixou um pouco intrigado. Além de usar uma frase um pouco enrolada, ele falou o **até agora** com um pouco mais de força. E mais, não parecia muito empolgado com a resposta.

— Não senti muita firmeza, pai.

— Estou indo com calma, João. Não quero inventar um grande amor sem saber o que vem pela frente.

Era bem diferente da minha mãe o jeito como o meu pai estava encarando a primeira namorada "séria" dele. A minha mãe, quando veio conversar comigo sobre o assunto, já sabia que estava apaixonada e que queria se casar com o Doutor Spielberg. Do jeito como o meu pai estava falando, parecia que ele não tinha a menor certeza de nada. Era como se ele quisesse ver primeiro no que a coisa toda podia dar pra depois abrir o jogo se estava apaixonado ou não pela Helena.

Foi aí que resolvi ser ainda mais intrometido:

— Não estou entendendo.

— O quê, João?

— Você está ou não está apaixonado pela Helena?

Meu pai deu aquela risadinha quase assustada que os adultos dão quando vão dizer que têm medo de tomar injeção e falou:

— Estou interessado.

— Quanto?

Um tempinho pro meu pai pensar e...

— Um pouco.

Mas estava na cara que era muito. Bom, resolvi parar de fazer perguntas. Daí pra frente seria muita intromissão. Só se o meu pai quisesse falar alguma coisa. Mas pelo visto ele não queria. Pelo menos ele não disse mais nada. Também pode ter sido porque tocou o celular dele.

— Atende pra mim, João. A multa pra quem for pego falando no celular, sem viva-voz, é bem alta. E ainda tem os pontos que vão acumulando.

— Alô?

Era pra mim, era a Filó, a superempregada da minha casa.

— Onde é que você tá, menino?

— Como **onde é que eu estou**? Com o meu pai. Óbvio.

— E custava avisar?

— Mas a minha mãe tá sabendo, Filó.

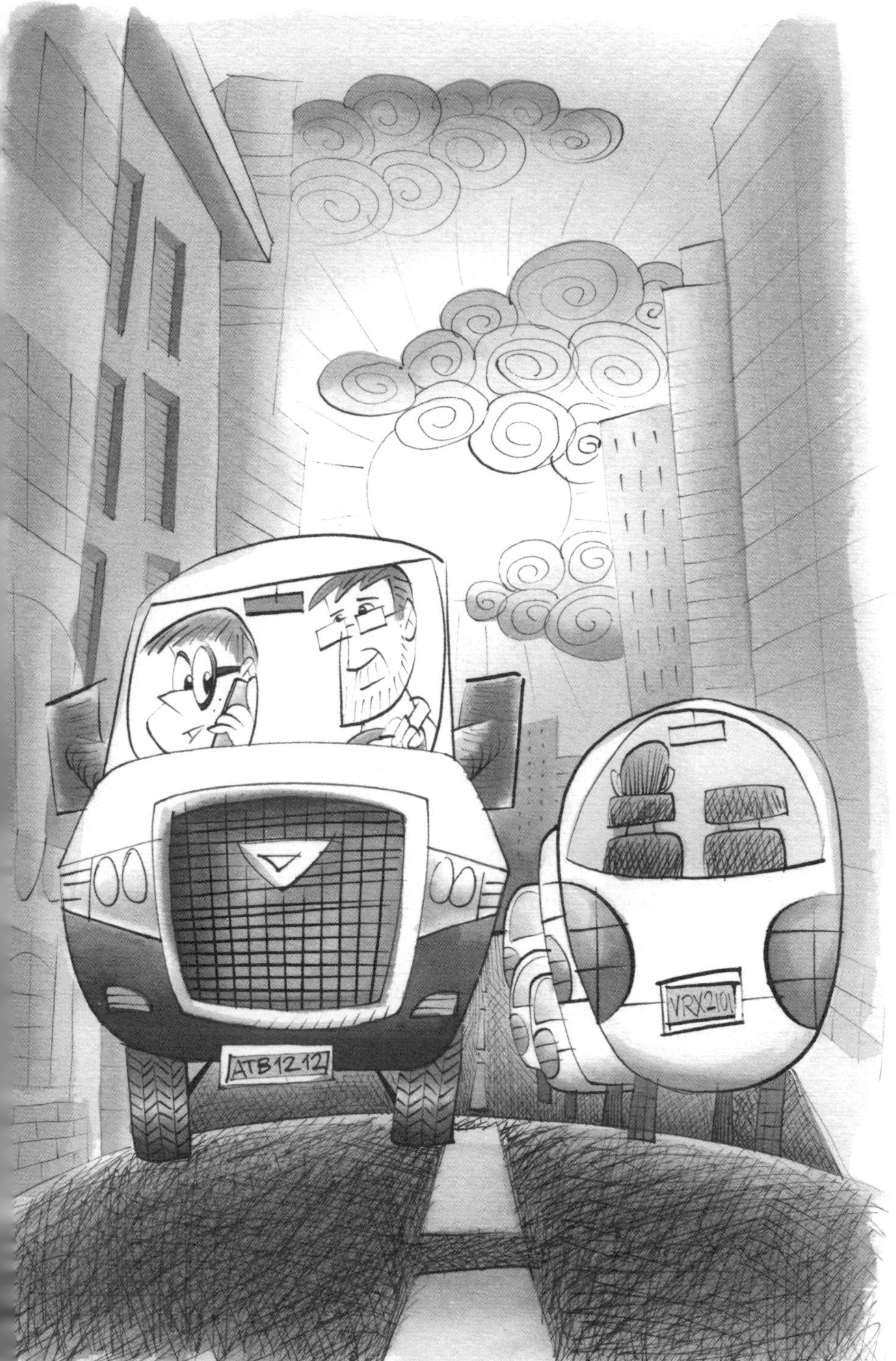
ATB1212
VRX2101

— Ah, então, porque a sua mãe está sabendo, eu tenho que ficar aqui a tarde inteira preocupada? A Filó estava certa. Eu sempre aviso ela de onde eu vou estar. Mas naquele dia eu tinha esquecido. Pisei na bola com uma das pessoas mais legais que existem na face da Terra. A superFiló. A única amiga que eu tenho lá na casa do Doutor Spielberg.

— Desculpa, Filó.

— Desculpo. Tentei ligar no seu celular e caiu na caixa.

— Por que você não escreveu uma mensagem?

— Porque eu sou velha... e tem um recado importante pra você.

A Filó não é velha, mas o assunto não era esse: Alguém me ligou no telefone fixo? Quem seria? Mas eu não estava muito interessado. Quem quer me achar, manda mensagem no celular.

— Quando chegar aí, eu vejo. Meu pai já está me levando pra casa.

A Filó ignorou totalmente o que eu falei, que pegava o recado quando chegasse em casa:

— A Alice te ligou.

Opa. Recado da Alice. No telefone fixo? Isso mudava totalmente a situação:

— Por que você não falou antes?

Depois de uma risadinha, a Filó respondeu:

— Ah... Agora ficou interessado.

— Não enrola, Filó. O que foi que a Alice disse?

— Que a viagem foi boa e que ela está em casa. Liga pra ela.

— Ela falou pra eu ligar?

— Não. Mas eu estou falando.

— Ninguém pediu a sua opinião.

Eu disse isso brincando. A Filó sabe, até melhor do que eu mesmo, como eu sou complicado quando o assunto é a Alice, a minha melhor amiga.

— Já que ninguém pediu a minha opinião, nunca mais faço brigadeiro. Tá bom assim?

— Golpe baixo.

— O seu também foi.

— Você não tem coragem.

— Chega, João, que estou ocupada. Liga pra menina.

— Isso é problema meu. Um beijo.

Assim que desliguei o celular, me deu a maior vontade de procurar o contato da Alice, e ligar pra ela, e ouvir do outro lado a voz mais linda do Sistema Solar responder um **Alô** mais do que caprichado. Mas fiquei só na vontade. Era melhor deixar pra ligar quando eu chegasse em casa e estivesse sozinho. Começou a me dar um friozinho na barriga. Eu sabia que quanto mais eu demorasse a ligar, mais aumentaria o friozinho...

— Acorda, João.

Foi o que disse o meu pai.

— Hã?

— Como você anda distraído, cara! Chegamos.

Chegamos errado. Foi o que pensei quando percebi que o meu pai estava entrando na garagem do prédio onde ele mora e não parando em frente ao prédio onde eu moro. Mas isso era muito bom, porque além de estar chegando na casa dele, estávamos chegando também no prédio da Alice.

— Passei aqui pra pegar o cartão de crédito. Preciso comprar tintas.

Meu pai está usando uma tática para economizar: andar sem cartão de crédito.

— Enquanto isso, vou dar um alô pros Dolly, pai.

— Não quer ir ao banheiro?

— Se liga, pai. Isso é coisa que se pergunte? Se eu quiser ir ao banheiro, eu vou.

Meu pai achou graça:

— Desculpa, João. Às vezes esqueço que você já tem doze anos.

— Acho bom se lembrar.

— Já pedi desculpas. Já que você vai falar com os seus amigos, vou aproveitar pra fazer umas ligações. Eu te chamo.

— Tá legal.

Eu menti pro meu pai e ele nem percebeu. O cara sabia melhor do que eu que os Dolly estavam na Alemanha com a mãe deles. Mas tem coisas que a gente diz e que as pessoas não prestam a menor atenção. Em vez de ir pra casa dos Dolly, fui até a portaria e pedi pro seu Aderbal me deixar usar o interfone. Foi a Alice mesma que atendeu:

— *Oi, seu Aderbal.*

O imbecil aqui ficou tão empolgado quando ouviu a voz da Alice, que acabou fazendo uma grande besteira:

— Oi, Juliana.

De cara, a Alice reconheceu a minha voz, o que era muito bom. E estranhou o nome que eu disse, o que era péssimo:

— *Sou eu, João. Alice.*

Aí, o duas vezes imbecil aqui começou a gaguejar, o que deixou a coisa pior ainda.

— O-o-o-oi, Alice.

E a Alice, com um jeito bem animado, passou por cima do meu erro e fez que não era com ela:

— *Eu vou descer.*

E desceu mesmo. Linda como sempre. Mais empolgada do que nunca. Com um cocar de penas coloridas na cabeça e um pacote nas mãos. O papel de presente era mais colorido do que uma arara.

— Quanto tempo!

Foi o que ela disse, depois de me dar um abraço e um beijo no rosto. Fiquei quase tão sem graça quanto eu tinha ficado com o beijo da Juliana. Mas respondi:

— Doze dias, sete horas e uns quinze minutos.

Eu falei. Ela pensou que era brincadeira. Mas não era. Eu tinha feito os cálculos, enquanto esperava ela descer.

O presente que a Alice me trouxe da Amazônia era duas vezes animal. Primeiro, porque era muito legal. Segundo, porque era uma onça pintada esculpida em um tronco de árvore.

— São os índios que fazem essas onças. Eles vivem de um jeito muito legal na floresta. Tenho tantas coisas pra te falar sobre índios, João.

— Obrigado.

— De nada, João. O seu irmão nasceu, né? A Filó me contou. Aí, ela parou, pensou alguma coisa, arregalou um pouco os olhos e me olhou um pouco séria:

— Quem é Juliana?

— QUEM É JULIANA?

Depois de ouvir essa pergunta, aconteceu uma coisa muito esquisita. Parecia que o piso da portaria do prédio tinha saído de debaixo dos meus pés. E que eu estava caindo. Num buraco muito fundo. E escuro. Sem paredes. Sem luz. Sem ar. Com um cheiro esquisito de coisa estragada. E com o som de um monte de vozes desafinadas falando coisas que eu não entendia. Eu estava perdido pra sempre. Eu **nunca** poderia ter falado o nome de outra garota. Mesmo a Alice não sabendo, se bem que eu acho que ela desconfia um pouco, que, pra mim, ela é muito mais do que uma amiga. Quando eu tiver coragem, e se ela tiver vontade, a Alice vai ser a minha primeira namorada.

Por que eu errei o nome dela? Tá certo que eu tinha achado a Juliana muito mais do que interessante. Mas não chegava aos pés da Alice. Quer dizer, chegava mais ou menos nos joelhos da Alice. Mas a Juliana nunca me daria bola. E quem disse que eu queria a bola que ela poderia me dar? A garota é muito mais velha do que eu. Eu só tinha dado uma paquerada na Juliana. Gosto mesmo é da Alice, que, além de tudo, tem a mesma idade que eu.

Naqueles poucos segundos, pensei e entendi tudo isso, o que me deu um certo alívio. E me ajudou a responder pra Alice:

— É uma das filhas da namorada do meu pai.

— Ah.

Aquele foi o **Ah** mais desconfiado que a Alice já tinha me falado. Ela ficou esperando um pouco pra ver se eu ia continuar. E eu continuei:

— Ainda bem que você voltou. Preciso muito falar com você!

Qualquer cara que já enrolou pelo menos uma garota na vida sabe que essa é uma ótima frase pra se usar alguns segundos antes de a gente enrolar uma garota.

A Alice multiplicou por dez a cara de desconfiada que ela já tinha feito antes, cruzou os braços e me perguntou:

— Falar o quê?

— Estou voltando da casa da namorada do meu pai, a Helena. E ter ido lá me deixou muito confuso.

Não demorou pra Alice perceber que eu tinha mudado totalmente de assunto. E demorou menos ainda pra ela ficar muito mais interessada nesse novo assunto do que no antigo:

— Fala logo, João. Tá parecendo a minha mãe.

Não sabia que a mãe da Alice também era enrolada. Mas deixei esse assunto de lado. Eu já tinha mudado muitas vezes de assunto pra um começo de conversa:

— O meu pai está muito estranho.

— Estranho como?

— Não sei direito.

Aí eu contei pra Alice quem era a Helena, como ela era linda, quantos filhos ela já tinha, quantas vezes ela já foi casada etc. Falei também o quanto gostei de ir até a casa dela. E saber que, mesmo sendo um apê até pequeno pra tanta gente e muito mais simples do que o superapê do Doutor Spielberg, parecia que quem vivia lá, tinha uma vida boa e bem mais parecida com o meu jeito. Falei também que isso tudo tinha me deixado em dúvida se eu queria continuar morando lá na casa do Doutor Spielberg com a minha mãe.

Como sempre, a Alice ouviu tudo com a maior atenção.

— Você não está feliz lá naquela supercobertura, João?

Pensei um pouco antes de responder:

— Não dá pra dizer que eu estou infeliz morando com aquele conforto todo. Com todos aqueles equipamentos de som de última geração, computadores, videogame, ganhando um monte de roupas e comprando praticamente tudo o que eu gosto, fazendo as viagens legais que eu sempre faço e tudo. Eu, que era um cara duro, virei um cara rico. E isso é muito bom. Até o Doutor Spielberg, que antigamente era tão chato comigo, está mais legal. Quer dizer, um pouco mais legal.

A Alice deu uma coçadinha na cabeça e abriu um belo sorriso:

— Então, cadê o problema?

— Nos últimos três meses, por causa da gravidez da minha mãe, nós paramos de viajar. E parece que a casa toda, as empregadas, até a Filó, todo mundo, só fala e pensa e respira a vida do meu meio-irmão. Só quero ver como vai ser agora, que o cara nasceu.

— João. Parece que você tá confuso.

— Você acha?

— Acho. Você começou falando sobre a namorada do seu pai e agora está falando sobre a sua vida na casa da sua mãe.

— É que tem muita coisa acontecendo ao mesmo tempo. Tudo ao mesmo tempo agora. E eu nem falei ainda sobre a chegada da Penélope.

A Alice se animou um pouco demais para o meu gosto:

— A Penélope está no Brasil?

Não gostei muito da reação da Alice. E tentei mostrar isso pra ela:

— Até você, Alice!

— Até eu o quê?

— Você ficou feliz porque a Penélope está no Brasil.

— João, já te falei o que eu acho sobre ela. Tem um lado da Penélope que eu acho legal.

Aí eu fiquei mais bravo ainda:

— Então, tá. Tchau.

E virei as costas. Depois de uns três passos, ouvi a voz mais afinada do mundo dizer uma coisa muito perigosa:

— Pensa que eu gostei de você me chamar de Juliana?

É óbvio que eu parei. Mas e a coragem pra me virar de novo e olhar nos olhos da Alice? Naquela virada eu podia estar embarcando na maior fria. E se eu me virasse e a Alice puxasse o assunto de namoro, ficar etc.?

Bem, nesse momento me deu vontade de pular da história de novo. Se alguém na minha escola me mandasse ler um livro com tantos assuntos misturados, eu não ia gostar nem um pouco. E ia gostar menos ainda de chegar numa livraria por minha própria vontade e encontrar um livro com um nome e uma capa interessantes, falando de um assunto que me interessa, filhos de pais separados; mas quando eu começasse a ler, encontrasse lá um cara mais enrolado do que um parafuso, cheio de dúvidas, histórias misturadas e morrendo de medo de se virar pra garota de quem ele gosta achando que ela fosse tocar num assunto do qual ele queria chegar perto e fugir ao mesmo tempo: gostar.

Comecei a concordar com a minha mãe: a vida está sendo muito exigente comigo. Será que eu não podia **primeiro** resolver as minhas diferenças com a Penélope. **Depois** a minha mãe ficar grávida. **Depois** eu me acostumar com essa ideia de ter um irmão. **Depois** o meu pai arrumar uma namorada com filhos e uma casa legal. E só depois, **muito depois**, eu ter que me virar pra Alice, encarar ela e falar sobre gostar ou não gostar?

Se fosse assim, eu ia achar muito mais legal ler e contar essa história. Será mesmo? Foi aí que eu senti um ventinho que me fez entender que eu não ia precisar me virar pra encarar a Alice. Ela mesma estava dando uma meia-volta em mim e parecia que ia parar de novo na minha frente. Senti que os meus pés grudaram no piso da portaria.

Enquanto a Alice dava essa meia-volta, fui me lembrando de todos os exercícios de beijar na boca que eu tinha feito no espelho do banheiro do meu quarto. E também das coisas que eu e os meus amigos falamos sobre como é beijar: quanto se abre a boca, quem deixa a língua por cima etc.

Depois de ver que o meu kit de primeiros socorros para beijos na boca estava em ordem, em vez de ficar aliviado, eu piorei. Fiquei mais grudado no chão. Mais quente. E muito mais bobo.

— Acho que esse é um bom momento pra gente falar sobre ciúme.

Foi a primeira frase que saiu da boca da Alice. Continuei quieto.

E ela, com a maior cara de índia por causa do cocar, mandou logo a segunda frase:

— Dos seus amigos eu não tenho ciúme, João. Agora, das suas amigas, eu tenho. Nunca mais me chame pelo nome de outra garota.

E só. Só isso? Foi o que pensei. E acabei falando:

— Só isso?

A Alice fez cara de quem não tinha entendido:

— Como só isso?

Não sei de onde me veio a coragem, mas eu disse:

— Pensei que você fosse brigar comigo.

— E eu briguei. Você não percebeu?

— Pensei que você fosse brigar mais. Igual...

— Igual o quê?

Aí, o que era coragem virou covardia de novo.

— Nada, não.

Foi tudo o que eu consegui dizer.

— Você tá pálido, João.

— É porque eu não almocei direito.

Tive que mentir. E, quase recuperado do susto, voltei a um dos assuntos antigos que, por pior que fossem, pra mim, eram melhores do que o assunto que eu quase tinha tocado:

— O que você acha, Alice?

Aí ela deu uma risadinha e começou a contar nos dedos enquanto me perguntava:

— Da Penélope, da sua casa, do seu meio-irmão, da namorada do seu pai?...

Fiquei um pouco chateado. Parecia que a Alice estava tirando sarro de mim. Ela nunca tinha feito aquilo.

— Esquece.

Foi o que eu disse. E a Alice entendeu perfeitamente o meu recado.

— Estou levando você a sério, sim, João. Mas falei desse jeito só pra te lembrar de uma coisa que foi você mesmo quem me ensinou: com bom humor, as coisas vão muito melhor.

Era verdade. Eu é que tinha dado esse toque pra Alice. Foi aí que me caiu uma outra ficha: antigamente, quando eu era um pouco mais novo, eu conseguia driblar a minha mãe quase tão bem quanto o maior atacante da Terra faz com os adversários, usando só um pouco de bom humor.

Agora, depois dos doze anos, parece que estou ficando mais sério e muito mais bobo. Dei uma risadinha pra Alice, já bem mais aliviado.

Depois que a Alice correspondeu a uma risadinha, ela pegou nas minhas mãos e falou, de um jeito bem calmo:

— Eu sei o que está acontecendo com o seu pai.

Comecei a transpirar. E a Alice continuou:

— Ele está com medo da Helena.

Quem estava com medo era eu! Medo do jeito como a Alice estava pegando nas minhas mãos.

— M-m-medo?

— Os homens costumam ter medo das grandes mulheres.

— G-g-grandes?

— Eles se sentem ameaçados.

— A-a-ameaça-a-ados?

— Seu pai deve estar muito tranquilo na vida dele de solteiro. Mas a Helena, pelo que você me disse, deve ser tão legal e combina tanto com ele, que o seu pai deve estar com medo de se apaixonar tanto, mas tanto, que não consiga viver longe dela, e se case de novo.

Fiquei mais assustado ainda. Mas tentei disfarçar, mandando uma risadinha:

— Você nem conhece a...

Parei de falar porque a Alice estava querendo soltar as minhas mãos e eu precisava impedir aquilo:

— ... não solta, não.

Foi a vez de a Alice se assustar. Ela se assustou bem menos do que eu, mas as mãos dela também começaram a transpirar.

— Por quê?

Foi o que ela perguntou.

A gente abre um pouco a boca e coloca a língua da gente em cima da língua da garota. Foi o que eu pensei. E se ela fechasse a boca de repente e arrancasse um pedaço da minha língua? E se eu errasse alguma coisa? Achei melhor desistir e treinar um pouco mais. Mas já era tarde. A Alice fechou a minha boca com a boca dela e, se eu não tivesse me lembrado logo de respirar pelo nariz, eu tinha sufocado.

Outra vez senti que o piso da portaria do prédio tinha saído de debaixo dos meus pés. E que eu estava caindo. Mas agora parecia que a Alice, de cocar e tudo, caía junto comigo. Num buraco muito fundo. E escuro. Sem paredes. Mas cheio de luzes coloridas. Com bastante ar. Com um perfume muito bom. As vozes do buraco sem fundo estavam muito afinadas. E eu continuava não entendendo nada do que elas cantavam. E entendendo muito menos as coisas estranhas que começaram a acontecer dentro de mim.

Eu só sabia uma coisa: desta vez sim, estava perdido pra sempre.

SERÁ QUE DARIA PRA PARAR DE ACONTECER coisas que não têm nada a ver com a história que eu quero contar? É isso mesmo. Eu queria falar sobre o namoro do meu pai, mas, até agora, praticamente não falei nada.

Ainda mais depois daquele beijo que eu fui obrigado a dar na Alice. É. Eu não tinha outra saída. A garota se plantou na minha frente, pegou nas minhas mãos, ficou me encarando e veio me beijar. Se eu não tivesse deixado, ela podia achar que eu sou gay. Ou que eu tenho mau hálito.

Se eu parar aqui a história do beijo e voltar a falar do meu pai direto, algumas pessoas vão pensar que eu sou louco e outras vão ficar curiosas pra saber o que aconteceu nos primeiros minutos depois do primeiro beijo de língua que saiu da minha boca.

Vou falar sobre esses minutos. Depois eu tento continuar a história do namoro do meu pai. Tento. Não posso garantir que vou conseguir.

Eu não sabia que beijar era uma coisa tão boa. E tão transformadora. Assim que as nossas bocas se separaram, o que demorou o tempo de quase dois videoclipes, eu era um cara totalmente diferente do que estava sendo até aquele momento. Primeiro, senti um grande alívio. Como se tivesse acabado de arrancar um dente que estava há um tempão pra arrancar e não tinha tido coragem. Depois, fiquei me sentindo um tipo muito especial de garoto. Pra falar a verdade, fiquei me sentindo um insuportável. Rei do mundo. Chefe do Universo. Era como se eu já fosse maior de idade e tivesse acabado de pegar a minha carteira de motorista. Ou como se tivesse acabado o ensino fundamental e já estivesse no colégio. Ou como se eu tivesse sido escolhido para cantar na banda La Chica Rubia. Ou tivesse sido convocado para jogar como atacante na seleção brasileira. Ou para fazer o papel de galã de um filme para adolescentes e fosse ficar milionário. Ou tivesse ficado milionário postando tutoriais de games na internet. Mas não precisei de muito tempo pra cair na real. Só foi preciso a Alice perguntar:

— Por que você fez isso, João?

Eu? Pra mim, era a Alice quem tinha começado o beijo. Mas em vez de dizer isso pra ela, assumi a culpa:

— Desculpa, Alice. Foi sem querer.

— Sem querer?

Do **Desculpa, Alice** parecia que ela tinha gostado. Agora, do **Foi sem querer,** não.

— É. Eu estou meio nervoso com essa coisa toda do meu pai e acabei...

Aí, ela se afastou um pouco de mim e falou, de um jeito meio estranho:

— Espero que isso não atrapalhe a nossa amizade.

Essa frase, saindo da boca da Alice com toda a calma, foi pior do que se alguém tivesse jogado na minha cabeça uma caixa de mil litros de água fria.

— Vamos fazer de conta que isso não aconteceu?

Foi o que ela falou depois. E eu:

— Vamos.

Nenhum dos dois tinha mais nada pra falar. Ainda bem que o meu pai chegou na portaria do prédio e quebrou o silêncio que tinha ficado.

— Estava te procurando, João. Oi, Alice.

— Oi, seu Daniel. Oi e tchau. Tchau, João. Depois a gente se fala.

Foi o que a Alice disse antes de sumir do mapa, mais depressa do que um... que um... do que qualquer coisa que saia muito depressa de um mapa.

Meu pai percebeu que ali tinha alguma coisa mal resolvida. Mas deixou quieto. Como sempre. Ele não gosta de se intrometer nos assuntos dos outros. Mesmo que **os outros** sejam apenas o seu único filho único.

— Vamos, João?

E fomos mesmo. Compramos as tintas, tomamos sorvete e depois ele me levou pra minha casa.

Não falamos sobre Helenas, Alices e nem sobre nada muito sério.

Na hora que eu desci do carro, depois do **Tchau, pai**, falei:

— Pensa naquilo que eu te disse.

— Você me falou tantas coisas.

— Se liga, pai. Pensa no que você acha de eu ir morar na sua casa.

— Vou pensar.

Foi o que o meu pai falou. De um jeito muito desligado. De quem não ia pensar coisa nenhuma. Desci do carro. Atravessei os trezentos portões que têm até chegar na portaria. Cumprimentei os setecentos mil seguranças do prédio. Usei o cartão magnético pra destravar a porta de entrada da portaria. Entrei no elevador. Acionei no teclado o código secreto pra ir até o último andar. Apertei com mais força o pacote com o presente da Alice e fui me preparando psicologicamente pra duas coisas: pra viagem de elevador que costuma durar um minuto e uns quarenta segundos, e pra dar de cara com a Penélope quando eu chegasse lá em cima e abrisse a porta.

Pelo espelho do elevador vi que os meus lábios estavam um pouco vermelhos. Será que era por causa do sorvete ou do beijo?

Assim que o elevador chegou lá em cima, acionei no teclado outro código secreto, pra abrir a porta. Saí do elevador. Usei outro cartão magnético pra abrir a porta do apê. E entrei. Tranquei a porta com a chave. A porta da sala só abre e fecha com chave por dentro.

Como sempre, estava tudo meio escuro e no maior silêncio. Enquanto eu subia as escadas pra ir pro meu quarto, foi que reparei que eu estava fazendo tudo o que sempre fazia, só que de um jeito totalmente diferente: com muito mais calma do que de costume.

Resolvi tirar um pouco de proveito da minha mordomia. Se eu fosse morar com o meu pai, aquela folga toda ia acabar. Do meu quarto, interfonei pra cozinha e pedi pra Filó, que só cuida da comida da casa, fazer um saco de pipocas de micro-ondas e trazer no meu quarto.

— Traz também duas latinhas de refrigerante, por favor.

— Uma só, João. Lembra o que a sua mãe falou?

Como é que a Filó se atrevia a negar uma lata de refrigerante pra um cara que já tinha beijado na boca? Eu ia criar uma pequena confusão, mas me deu preguiça.

— Tá bom, Filó. Não vai deixar as pipocas queimarem.

A Filó nunca queima as pipocas. Falei aquilo só pra devolver de alguma maneira ela ter me regulado a segunda latinha de refri.

Mesmo com preguiça, não consigo deixar passar totalmente batido quando alguém me nega a segunda latinha de refrigerante.

Tirei os tênis, me joguei na cama e pelo controle remoto comecei a procurar alguma coisa que prestasse nos duzentos canais da TV a cabo. Nada. Deixei no canal que só passa videoclipes mesmo. Pelo menos passam uns clipes legais. Estava passando o primeiro clipe da La Chica Rubia. Tocou o telefone, quer dizer, o interfone. O aparelho é o mesmo. Mas o toque do telefone interno é um pouco mais baixo. Pensei que fosse a Filó, mas era a Penélope.

— O que você quer?

Já perdi a conta de quantas vezes fiz essa pergunta pra Penélope. Mas nunca tinha feito aquilo de um jeito tão tranquilo.

— Te encher a paciência!

Foi o que ela respondeu. E ficou esperando eu gritar, xingar, brigar... Mas eu fiquei quieto. E ela aproveitou o silêncio:

— Posso ir aí no seu quarto?

— Não.

Respondi rápido. E ela:

— Tô indo.

Eu poderia ter me levantado e trancado a porta. Mas estava com preguiça. E nem um pouco preocupado se a **Se Achenta** ia ou não ia aparecer no meu quarto.

Primeiro apareceu a Filó que, mesmo a porta estando aberta, deu aquelas três batidinhas de quem é educado. Só depois disso ela entrou com um saco de pipocas de micro-ondas ainda fechado, um copo de vidro e duas latinhas de refri (Yeees!) em uma bandeja. Olhei pras duas latinhas, olhei pra Filó e dei uma risadinha bem malandra pra ela.

— Só desta vez, João.

Era muito engraçado ver a Filó, que trocou quase todas as minhas fraldas e curou todas as minhas dores de barriga, **ter** de me servir um saco de pipocas em uma bandeja. Mas isso era ordem do Doutor Spielberg. O grande chefe da casa.

— Obrigado, Filó.

Enquanto a Filó deixava a bandeja em um cantinho na mesa do meu computador, ela perguntou:

— Não tem lição, não é?

— Tem. Mas estou com preguiça de fazer agora. Depois do jantar eu faço.

— Quero só ver.

— Não vai adiantar nada você ver. É lição de inglês.

— Não me provoca, João!

— Tô brincando! Eu te amo!

— Sorte sua que eu acredito!

Quando a Filó já estava praticamente fora do quarto, eu me lembrei:

— Por falar em amor... você nunca mais vai fazer brigadeiro mesmo, Filó?

— Ainda estou pensando.

E a Filó sumiu no escuro do corredor.

— Ooooi. Posso entrar?

Foi o que a Penélope, aquela ruiva cabeluda toda vestida de preto, disse, depois de já estar totalmente dentro do quarto e sem ter dado nem meia batida na porta.

— Oba! Pipoca.

Ela continuou dizendo, enquanto pegava o saco de pipocas, uma das latinhas de refrigerante e se sentava na poltrona ao lado da minha cama.

— Ainda bem que a Filó trouxe duas latinhas. O que você tá vendo?

— Não tá vendo?

O meu **Não tá vendo?** foi supernormal. Sem som de soco, nem nada. A Penélope ficou um pouco surpresa com isso. Pra falar a verdade, também fiquei.

— Que banda é essa?

Em vez de dizer **Some daqui que você está me atrapalhando,** como eu sempre fazia, respondi à pergunta dela:

— La Chica Rubia!

— Que nome esquisito.

Aí olhei pro saco de pipocas nas mãos dela. De cara a Penélope percebeu que eu ainda não tinha pegado nenhuma pipoca.

— Servido?

Foi o que ela perguntou. Em vez de responder, peguei o interfone e liguei de novo pra cozinha.

— O que foi, João?

Mudei totalmente a voz pra falar com a Filó:

— Filó, por favor, daria pra você fazer mais um saco de pipocas? A Penélope também quer.

A Penélope, a Filó e eu não entendemos nada. E todo o mundo que me conhece, quando for ler essa parte, não vai entender. Vão pensar que, na hora de montar o livro, o pessoal da editora misturou duas histórias.

Essa educação toda com a Penélope, pedir outro saco de pipocas em vez de arrebentar a cara da **Se Achenta** e tudo o mais, nada disso combinava comigo. Parecia outro João.

— Tá bom, João.

— Obrigado, Filó.

Desliguei o interfone. Tinha acabado o clipe da La Chica Rubia. E ia começar um de uma dessas cantoras pop lindas, mas que eu não curto o som, mas curto ficar olhando para ela. Apertei um número qualquer no controle remoto.

— Não, João, deixa ela terminar.

— Se liga, menina.

Mas por mais que a cantora fosse uma gata, eu não ia ficar curtindo esse som horrível na frente da Penélope. Mudei para um canal onde passa desenhos animados 24 horas por dia. Nada mal.

Ia começar um desenho de terror de uma família sem cabeça. E a Penélope falou:

— Deixa aí.

Eu, que já ia deixar mesmo, deixei. E ela:

— Põe o áudio em inglês e deixa sem legenda em português.

Ela queria ouvir o som em inglês só pra se exibir. É óbvio que o inglês dela é muito melhor do que o meu. A menina passou a maior parte da vida nos Estados Unidos.

— Não estou a fim.

Foi o que eu disse.

— Se você não entender alguma coisa, eu te ajudo.

Só olhei pra ela, sem dizer nada. A garota ficou quieta. Por uns sete segundos, mas ficou. Depois falou:

— O que você achou do nosso irmãozinho?

— Nada.

Eu respondi, sem precisar pensar muito tempo.

— Eu achei ele lindo.

E eu com isso? Ainda bem que só pensei essa frase. Ela já serviu muitas vezes pra detonar uma briga entre mim e a Penélope.

— Vou falar com ele só em inglês.

— Bom pra ele. O cara já vai começar sabendo dois idiomas. Português e inglês.

Como a Penélope percebeu que não estava conseguindo me tirar do sério, ela se encheu:

— Já vi que não vai dar pra gente conversar. Você tá muito chato hoje, João. Tchau.

Foi o que a Penélope disse, enquanto se levantava e saía do quarto, levando com ela o saco de pipoca e uma das latinhas de refrigerante. Ainda bem que a Filó chegou logo com o outro saco de pipocas. Pra eu comemorar. Eu nunca tinha conseguido uma vitória tão fácil sobre a Penélope. O que um beijo não faz com a gente.

9

— **JOÃO, SEU PAI JÁ ESTÁ ESPERANDO** faz uns quinze minutos. Você sabe que é perigoso ficar muito tempo parado dentro de um carro em frente ao nosso prédio... Já vou.

Foi o que a minha mãe disse. E sumiu da porta do meu quarto. O **Já vou** ela falou pra Samira, a babá do **Heitorzinho**, que tinha chamado ela. O **Heitorzinho** devia estar chorando e a babá devia ter se esquecido de onde fica o botão de volume do choro do **Heitorzinho**.

Ainda bem que o apê é grande, porque o tal do meu meio-irmão chora o tempo todo. Ou melhor, a noite toda. Durante o dia, o folgado dorme igual a uma pedra. De noite, não. Deve ser por isso que a minha mãe e o Doutor Spielberg estão com umas olheiras cinematográficas. E a babá, que é quem acorda de verdade, também. A minha mãe só levanta na hora de o **Heitorzinho** mamar.

Eu fico sabendo tudo isso pela Filó. Do meu quarto não escuto nada. E, pra falar a verdade, nem estou interessado.

Engraçado. O **Heitorzinho** está me incomodando muito menos do que pensei que fosse me incomodar. Se bem que só faz três dias que ele veio pra casa. Pode ser que, com o tempo, as coisas piorem.

Uma vez li um livro em que o cara ganha uma irmã e para de crescer por causa disso. Ele foi até parar no psicólogo. Achei que ia acontecer a mesma coisa comigo. Mas estou me lixando se o **Heitorzinho** é ou não é mais importante do que eu aqui em casa. Será que é por que eu não paro de pensar na Alice?

Um pouco depois que a minha mãe saiu do quarto, quem aparece na porta? Disque 1 se você acha que foi a Penélope.

Se você acha que foi a Filó disque 2. A ligação não é gratuita e o dinheiro arrecadado vai servir para engordar a mesada do Joãozinho, aqui presente.

Se você ligou para a primeira opção, você errou. Mas não se preocupe. Quem ligou para a segunda, também errou. Porque quem chegou no meu quarto foi o Doutor Spielberg, o segundo marido da minha mãe.

Ainda bem que o cara apareceu lá naquela hora. Ele estava quase ficando de fora dessa história que vai acabar no capítulo dez. Eu já falei sobre ele. Mas o cara ainda não tinha aparecido, assim, de verdade.

— João.

— Presente.

Eu disse. Enquanto acabava de amarrar o segundo pé dos meus tênis novos. Eu estou sempre tendo que amarrar os cadarços de um par de tênis novos. Eu ganho muito mais tênis do que sou capaz de usar. Sempre mando uns pares quase novos para os filhos do seu Aderbal, o porteiro do prédio do meu pai.

O Doutor Spielberg, que sempre é bastante sério, deu uma risadinha, antes de perguntar:

— Posso entrar?

Eu estava de saída, mas ia ser muito chato dizer isso pro cara. Principalmente porque era praticamente a primeira vez, nesses quase dois anos que eu convivo com ele, que o Doutor Spielberg aparecia no meu quarto e pedia pra entrar.

Eu e ele não somos, assim, amigos. Desde que se casou com a minha mãe, o cara nunca tentou fazer o papel de meu pai.

E isso sempre foi muito bom. Primeiro, porque estou muito contente com o meu pai. E segundo, porque acho que o Doutor Spielberg não tem muito jeito pra jogar videogame, conferir lição de casa, levar um garoto ao futebol, essas coisas que alguns pais gostam de fazer quando são legais.

Nos primeiros meses, foi um pouco difícil para o Doutor Spielberg e eu nos entendermos. Mas, depois, cada um arrumou um jeito de conviver com o outro, sem pegar no pé. E isso já era muito bom.

— Pode, Doutor Spielberg.

Eu disse **Pode** porque podia mesmo. Depois da vírgula eu falei **Doutor Spielberg**, como sempre falo. Não é tirando sarro, nem nada. É como se fosse um jeito de chamar o Doutor Spielberg como ele gosta de ser chamado, de senhor... quer dizer, de Doutor!, e, ao mesmo tempo, eu transformasse essa obrigação numa diversão, num apelido.

Continuei sentado na cama, torcendo pra que o telefone não tocasse com alguém me avisando que o meu pai tinha ficado cansado de me esperar e tinha ido embora. Ou pior: que ele tinha sido sequestrado na porta do prédio.

O Doutor Spielberg estava bem nervoso, quando ele disse:

— Eu não sou de muita conversa e também não gosto de dar voltas.

O que será que eu tinha feito de errado? Foi a primeira coisa que pensei. O Doutor Spielberg tem um jeito tão sério que, quando ele começa a falar, nunca dá pra saber se o cara vai fazer um elogio ou vai detonar com a gente até o último fio de cabelo.

— Eu fiz alguma coisa errada?

Ele deu aquela paradinha que todo advogado dá pra fazer um suspense ou que todo escritor faz quando quer que quem está lendo fique mais curioso. Só depois falou:

— Não. Pelo contrário. Você tem se comportado muito melhor do que eu pensei que fosse se comportar com o nascimento do **Heitorzinho** e a chegada da Penélope. Acho até que isso é natural. Assim como as meninas mudam muito dos dez para os onze anos, os garotos, quando estão perto dos treze, ficam bem mais maduros.

O Doutor Spielberg pensa assim porque ele nunca entrou na minha classe. Lá, tem uns caras que já têm treze anos e que são mais infantis do que o **Heitorzinho**. Mas eu não disse isso. Só pensei.

Não ia fazer mal nenhum deixar o Doutor Spielberg um pouco iludido. E eu tinha gostado do elogio. Mas e o assunto que ele veio falar comigo, quando é que ia começar?

Repara no tamanho da fala do Doutor Spielberg. E ele nem tocou no assunto ainda. Isso é porque o cara não gosta de dar voltas.

Já pensou se ele gostasse?

— Preciso da sua ajuda.

Eu já esperava que ele dissesse isso, mais cedo ou mais tarde. Só não sabia que tipo de ajuda ele precisava. Mas logo fiquei sabendo:

— Meia hora atrás, fiquei sabendo que a avó da Penélope faleceu. Vou ter que dizer isso a ela. A Penélope já está mais ou menos preparada, mas não vai ser fácil. Bem, depois disso, vou ter que falar pra sua mãe que está muito mais sensível e amamentando o **Heitorzinho**. O leite dela pode até secar...

Prestei bastante atenção na cara do Doutor Spielberg quando ele disse todas essas coisas. O cara estava muito triste. E confuso.

E terminou a fala repetindo:

—... Preciso da sua ajuda.

Me deu vontade de perguntar pro Doutor Spielberg como é que eu ia poder ajudar ele. Mas não ia adiantar nada eu fazer essa pergunta. Estava na cara que ele também não sabia o que eu poderia fazer naquela hora. Que cena: **um dos maiores advogados do mundo** (era assim que eu chamava o Doutor Spielberg quando a gente ainda não se entendia muito bem) pedindo pra eu, nada mais do que um garoto sul-americano de doze anos, ajudar ele a resolver um problema. Não são só os pneus da bicicleta que dão voltas. A vida da gente também. A primeira coisa que eu pensei foi **Se eu já estivesse morando na casa do meu pai, eu estaria livre disso tudo.** Aí, eu me lembrei de que o meu pai estava me esperando lá embaixo e que, se eu quisesse, era só dizer um **Vire-se** e sair fora. Se era isso que eu queria fazer, era só fazer:

— O meu pai está me esperando lá embaixo...

Eu comecei. Mas mudei a rota:

—... Vou avisar que não posso ir agora. Não sai daqui.

Saí do quarto praticamente voando. Cheguei no portão, disse ao meu pai o que estava acontecendo, que eu precisava ficar em casa e que depois eu ligava pra ele. E subi de novo.

Eu ter falado **Não sai daqui** pro Doutor Spielberg foi até engraçado. Mas o mais engraçado foi ele não ter saído mesmo.

— Pronto.

Depois do **Pronto**, eu dei uma respirada caprichada. Estava quase sem fôlego e ia precisar de muito ar pra dizer o que eu tinha planejado enquanto subia e descia do elevador. A frase até que era curta. O significado é que era o mais complicado:

— Deixa que eu falo com a Penélope.

Eu sabia que isso, pra mim, ia ser mais fácil do que pro Doutor Spielberg. E sabia mais: só eu ter me oferecido pra fazer isso, já ia deixar a minha mãe bem contente e podia dar uma diminuída no volume de tristeza que ela ia ter com a história toda.

O Doutor Spielberg não tinha entendido muito bem o que eu tinha falado. Era o que estava escrito na cara dele. Depois de repetir a frase, eu continuei:

— O senhor espera eu falar com a Penélope, depois conta pra minha mãe a história toda. Principalmente que eu quis contar pessoalmente pra Penélope que a avó dela morreu. Ficou um pouco de silêncio. Agora o Doutor Spielberg tinha me entendido. O que ele não estava era acreditando no que tinha ouvido e entendido. Eu querer contar pra Penélope no lugar dele que a avó dela tinha morrido, quando o mais comum seria eu ter falado **Pena que não foi a Penélope**.

Eu disse aquilo querendo mesmo contar a coisa toda pra ela. Enquanto o Doutor Spielberg se recuperava do susto, ficou um silêncio absoluto no quarto. Mas foi bem rápido. Em poucos segundos, ouvi uma voz molhada dizer no corredor:

— Ninguém precisa me contar nada.

Era a Penélope. Óbvio.

— Eu já sei que a minha avó morreu.

Ela entrou no meu quarto, chorando muito:

— Ouvi você falar em inglês no telefone e fiquei desconfiada. Como eu só peguei a última frase, liguei pro hospital da vovó e a Meg, a enfermeira dela, confirmou que ela tinha acabado de morrer. Por que você não me deixou ficar lá com ela, pai?

Enquanto chorava e repetia essa pergunta umas treze vezes, a Penélope se abraçou no pai dela com toda a força que tinha. O Doutor Spielberg, meio sem jeito, abraçou a garota, mas demorou uns dezoito segundos:

— Chora, filha.

— Não precisa me mandar chorar. Eu já estou chorando. Me fala, por que você não me deixou ficar lá com a minha avó?

Como eu vi que o Doutor Spielberg não sabia o que responder, falei:

— Se você tivesse ficado lá, sozinha com a sua avó, não ia ser pior?

— Ninguém pediu a sua opinião.

Ela estava certa. Ninguém tinha pedido a minha opinião. E aquele era um assunto de família. Melhor eu ficar quieto. Mas, em vez de calar a boca, eu me intrometi mais ainda:

— Eu sei. Mas não ia ser pior?

— Ia... ia ser muito pior. O que devia ter acontecido era o meu pai ter ido pra Miami e ficado junto comigo lá, até a minha avó morrer.

A Penélope se soltou dos braços do pai dela, limpou o nariz que estava escorrendo e roeu um pouco uma das unhas da mão direita. Tudo isso sem parar de chorar. Só depois ela continuou:

— Mas ele não podia fazer isso por causa da sua querida mamãezinha, né, João?

Ela disse isso tudo tentando parecer mal-educada, como sempre. Mas a garota só conseguiu mostrar que estava muito triste. Eu tinha que dizer alguma coisa rápida. E disse:

— Penélope, você acha que se não estivesse nos dias de o nosso irmão nascer, a minha mãe e o seu pai não tinham ido correndo para os Estados Unidos cuidar da sua avó?

— Claro que não!

— Claro que sim! Quando a sua avó piorou, já não dava mais pra minha mãe andar de avião.

— Quê?

Foi a Penélope quem perguntou. Não sei se ela não tinha entendido essa última frase ou se tinha achado estranho o que eu disse antes. Eu tinha achado. Muito estranho. Pela primeira vez na vida eu falei **nosso irmão**. E falei de nós dois e dos nossos pais como um grupo ligado por algum motivo forte. Como uma família. Não tinha como escapar. Nós tínhamos virado uma família.

— POR QUE NÃO, ALICE?

Perguntei, por mensagem, à Alice por que ela disse que não queria ir almoçar na minha casa no dia do batizado do Heitorzinho.

Repare que é a primeira vez que o nome do meu meio-irmão está escrito igual às outras palavras. É porque agora ele já faz parte da minha vida de um jeito mais legal. Não é mais um peso. E não precisou de nenhuma cena dramática pra eu aceitar ele. Foi natural.

É que achei que rejeitar o cara era muito bobo e não tinha nada a ver comigo, quer dizer, com o cara que eu estava e estou virando. Mas voltando à conversa com a Alice:

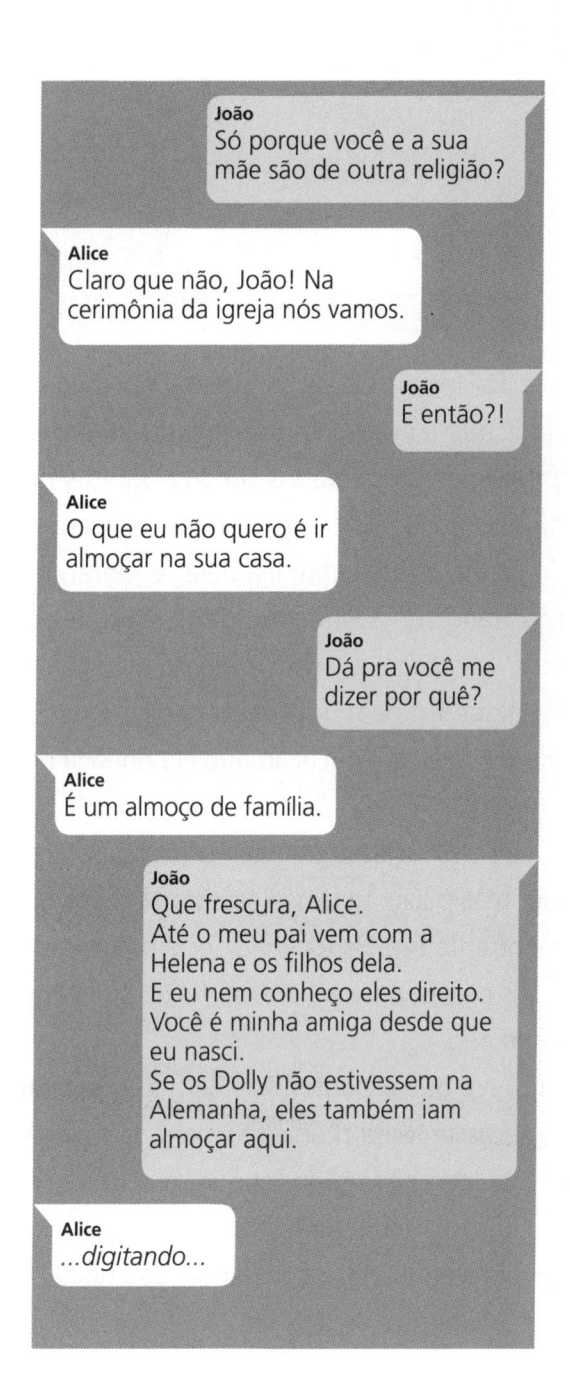

João
Só porque você e a sua mãe são de outra religião?

Alice
Claro que não, João! Na cerimônia da igreja nós vamos.

João
E então?!

Alice
O que eu não quero é ir almoçar na sua casa.

João
Dá pra você me dizer por quê?

Alice
É um almoço de família.

João
Que frescura, Alice.
Até o meu pai vem com a Helena e os filhos dela.
E eu nem conheço eles direito.
Você é minha amiga desde que eu nasci.
Se os Dolly não estivessem na Alemanha, eles também iam almoçar aqui.

Alice
...digitando...

João
Vem, vai.

Alice
Tá bom. Eu vou.

E a Alice foi mesmo. Esse almoço aconteceu quase três meses depois que a avó da Penélope morreu. Ela e o Doutor Spielberg foram para os Estados Unidos logo depois daquele dia do capítulo nove. E ficaram lá mais ou menos um mês, resolvendo os assuntos da família deles e juntando os documentos pra transferir a Penélope de colégio. Ela se mudou para o Brasil, mas não está estudando no meu colégio. Ainda bem. A Penélope está em uma escola norte-americana, mais parecida com o tipo de educação que ela tinha lá nos Estados Unidos.

Minha mãe chorou bastante com a morte da avó da Penélope e tudo, mas o leite dela não secou por causa disso. Ainda bem. É importante pro Heitorzinho ser amamentado até pelo menos os seis meses, pro cara crescer forte. Eu mamei no peito até quase um ano.

No tempo em que o Doutor Spielberg e a Penélope ficaram fora, eu praticamente fui o único homem da casa. Ainda bem que não aconteceu nada sério, que eu precisasse resolver. Ou chamar um homem adulto pra ajudar.

— Se acontecer alguma coisa, antes de chamar o seu pai, me ligue em Miami.

Foi o que me disse o Doutor Spielberg, em particular e cheio de ciúme, antes de ir viajar.

Como a Penélope está começando a ficar irritante de novo, parece que a garota já está um pouco mais conformada com a morte da avó dela. Eu nunca toco nesse assunto. Se ela fala eu escuto, mas não me meto. E, também, não conversamos muito. Estamos nos entendendo melhor. Mas isso não quer dizer que somos amigos.

Até que eu podia mentir e dizer que ficamos felizes para sempre. É o último capítulo mesmo! Ninguém vai saber se o que estou falando é verdade. E mais: a minha mãe e o Doutor Spielberg iam ficar muito felizes se eu colocasse isso aqui, pra todo mundo achar que a família que nós viramos é superfeliz, que tudo se encaixou direitinho. Quer dizer, a gente vive bem, mas tem problemas. Toda casa tem. A minha mãe e o Doutor Spielberg brigam quase tanto quanto ela e o meu pai brigavam. Mas eu também já vi o meu pai e a Helena brigarem, e eles são só namorados. Mesmo assim considero que eles são minha outra família. Eu tenho duas famílias totalmente diferentes.

Um pouco depois da morte da avó da Penélope, o meu pai me colocou contra a parede:

— Você nunca mais falou sobre aquela sua ideia, João?

Estávamos no carro dele. E eu sabia muito bem sobre qual ideia ele estava falando. Mas me fiz de bobo:

— Que ideia, pai?

— De você ir morar na minha casa.

— Ah.

E a conversa parou no **Ah**. Por várias razões. Era um pouco de burrice da minha parte eu querer me mudar para o apê do meu pai. Eu já morava lá. Quer dizer, eu tenho um quarto lá, onde durmo quase sempre. Com as coisas ficando mais calmas lá em casa, não preciso me mudar. Se as coisas ficarem difíceis, sempre vou ter pra onde fugir.

Se eu fosse pra lá de vez, o meu pai ia ter que mudar toda a vida dele por minha causa. O cara nem tem empregada fixa. Só faxineira. Ele passa um monte de noites lá no Galpão, pintando os quadros e tudo. Como está agora, está legal. E em todo lugar sempre vai ter um pouco de coisas fora do lugar.

Eu e a Penélope temos um monte de diferenças. E já reparei, pelo pouco que convivo com eles, que se eu fosse viver mais perto do Joaquim, um dos filhos do meio da Helena, a gente também ia quebrar altos paus. Com o José, que a gente chama de Zé, acho que não. Nós ficamos bem amigos. Amigos mesmo. Não tanto quanto sou amigo do Dolly 1. Mas quase tão amigo quanto eu sou amigo do Dolly 2. E olha que eu conheço o Zé há muito menos tempo. O cara é gente boa. O Joaquim também é, mas ele se acha um galã. E não gosta de andar com caras mais novos que ele. Especialmente quando eles andam com o seu irmão mais novo, o Zé.

A Joana é legal igual ao Zé. A Juliana parece que é meio metida, igual ao Joaquim. Também, linda daquele jeito, tem todo o direito. Se bem que a Alice também é uma gata e não é nada metida.

Tem gente que pode estar achando que ficou um buraco nessa história. Que falta um pedaço, não é? Parece que está faltando eu contar o que aconteceu entre mim e a Alice depois daquele beijo, que me transformou em um cara muito mais calmo. Mas eu não contei nada porque até o dia do batizado do Heitorzinho não aconteceu mais nada mesmo. Nós nos vimos pouco e sempre com mais gente por perto. Ela nunca mais me ligou e eu também não tive mais coragem de ligar pra ela.

Mas quando ela e a mãe dela entraram no meu apê, depois da cerimônia na igreja do batizado do Heitorzinho, senti um friozinho na barriga, igual ao que tinha sentido no dia em que a gente se beijou.

A Penélope foi logo chegando perto dela e chamando a Alice pra ir com ela até o quarto.

— Vem ver as fotos que eu fiz do furacão, lá em Miami.

Sem ser mal-educada, a Alice disse:

— Daqui a pouco a gente vai. Deixa eu falar **Oi** pra todo mundo.

— Fala pra mim primeiro.

Foi o que disse o Joaquim, chegando perto da Alice. Perto demais para o meu gosto. A Alice deu uma risadinha pra ele e:

— Oi.

— Oi. Eu sou o Joaquim, o filho mais bonito da Helena Buzar.

— Eu sou a mais bonita.

Foi o que a Juliana disse, chegando perto também. Logo o Zé e a Joana se aproximaram da rodinha que tinha se formado em volta da Alice. Eu apresentei os que não se conheciam. E a minha mãe deu uma ótima ideia:

— Leva os meninos e as meninas lá pra cima, João.

— Legal, mãe.

No andar de cima do apê tem um pequeno jardim e uma piscina minúscula que ninguém usa. E foi pra lá que nós fomos.

— Vai subindo com eles, Penélope, que eu vou até o meu quarto pegar uns pendrives com música.

— Mas não vai trazer aqueles sons horríveis.

Foi o que a Penélope disse. E subiu com a Alice, o José, a Juliana e a Joana. O Joaquim se ofereceu pra ir comigo até o meu quarto.

— Vou te ajudar a escolher o som, João.

Mentira. O cara queria era me fazer perguntas sobre a Alice:

— Me dá a ficha completa dessa gata, João.

O cara nem tinha pedido por favor.

— Se liga, Joaquim!

Me deu uma grande raiva. Eu estava em desvantagem. O cara era um pouco mais de um ano mais velho do que eu e muito mais bonito.

— Fala aí, cara.

— Falar o quê?

— Já saquei, João. Você é a fim dela.

Fiquei quieto. O Joaquim continuou:

— Desiste.

Continuei quieto. E o Joaquim:

— Garota da idade dela gosta de cara mais velho, que nem eu.

Foi engraçado porque não parecia que o Joaquim estava só se exibindo e tentando cortar o meu barato. Ele estava se exibindo e tentando cortar o meu barato, mas também estava me dando um toque, quase como um irmão mais velho.

— Quem te garante, Joaquim?

Ele respondeu com outra pergunta:

— Com quantas meninas você já ficou, João?

— Seis.

Eu menti. A não ser aquele beijo com a Alice, eu praticamente não tinha ficado com nenhuma outra garota.

— Só neste mês eu já fiquei com três. Se liga no que eu falo.

Eu tinha que me defender:

— Eu gosto de namorar.

— Você não tá com nada. As garotas só querem ficar. Elas querem trocar rápido, conhecer outros caras. E se a Alice quiser namorar, ela vai procurar um cara da minha idade.

Eu sabia que não era obrigado a concordar com o Joaquim. Mas ele falava com tanta certeza que parecia que a ideia dele era a única possível de ser verdadeira.

Na hora não consegui pensar em nada rápido e inteligente, ou pelo menos rápido, pra dizer pra ele. Como já tínhamos pegado o que me interessava, eu cortei o papo:

— Vamos lá pra fora.

E fomos mesmo. Mas pra mim, a festa já tinha acabado, e ela ainda nem tinha começado. Eu estava me sentindo pior do que um saco de batatas fritas moles. Acho que isso estava escrito na minha cara porque depois de um tempinho, a Alice chegou perto de mim, e:

— O que foi, João?

Eu estava concentrado, procurando os arquivos, claro, da banda La Chica Rubia! Me deu a maior vergonha de olhar nos olhos dela. Continuei com a cabeça baixa, mas respondi:

— Não foi nada, Alice.

E apertei o play. Levei o maior susto! Começou a tocar a única música mais lenta e romântica da La Chica Rubia. A Alice nunca aceita um **Não foi nada, Alice**, assim, logo de cara.

— O que foi que o Joaquim te disse no seu quarto que te deixou desse jeito?

Como ela sabia? Era melhor não responder. Só disfarçar:

— Nada.

O segundo **Nada**, a Alice sempre respeita.

— Tá bom.

Ela se virou de costas e ia voltando pra onde ela estava antes. Ia. É. A Alice parou, voltou pra onde eu estava e pediu:

— Aumenta um pouco o som, João, pra ninguém mais me ouvir.

Mais do que depressa eu aumentei. E ninguém ouviu mesmo o que a gente conversou.

— Se é por causa do Joaquim que você está assim, fique sabendo que eu achei ele muito chato. Um gato, mas muito chato.

— Você ficaria com ele?

— Sinceramente?

Não precisava nem responder. Pra mim, **Sinceramente?** queria dizer sim. Mas não foi o que a Alice disse:

— Eu gosto de namorar e não de ficar.

Eu estava um pouco tímido e com muito medo. Mas saquei uma coisa: em algum momento da minha vida eu ia ter que ser mais corajoso do que medroso e mais atirado do que tímido. Se não, eu ia ficar sozinho pra sempre.

— Eu também, Alice. Eu prefiro namorar.

— Que legal.

Pelo jeito como a Alice falou o **Que legal**, eu saquei que ela também estava tímida e com medo.

— Alice.

Foi o Joaquim quem chamou. E, mesmo o som estando alto, ela cochichou:

— Será que esse cara vai ficar pegando no meu pé?

Foi aí que eu tive a ideia:

— Não.

Um segundo depois do meu **Não**, eu abracei a Alice e mandei o maior beijo na boca dela. Ela correspondeu ao meu beijo de um jeito muito legal. Quando as nossas bocas se separaram, a música já tinha acabado e o Joaquim estava com uma cara de quem tinha ido muito mal em uma prova para a qual o cara havia estudado muito.

A Alice estava totalmente sem jeito, mas mesmo assim ela me deu uma risada bem simpática. Eu expliquei:

— Agora ele vai ficar pensando que nós temos alguma coisa e vai te dar sossego. Pelo menos enquanto ele estiver aqui na minha casa.

— É.

Foi só o que ela disse. Pensei em falar pra Alice o quanto o primeiro beijo que eu tinha dado nela tinha mudado a minha vida e me ajudado a resolver uns problemas que eu sozinho não estava encontrando saída, mas não tive tempo, porque a Alice chegou mais perto de mim ainda e me mandou outro beijo. O terceiro beijo da minha vida. Bem mais longo do que o primeiro que ela tinha me dado ali. Aí, a Alice deu uma risadinha bem esperta e falou:

— Esse foi pra ele não ter nenhuma dúvida.

Quando aquele beijo acabou, fui eu que falei:

— E se você se encontrar com ele na rua, por acaso?

— É mesmo.

O próximo beijo que nós demos foi pra, se o Joaquim encontrasse com a Alice pela rua, que ele não ficasse com nenhuma dúvida se ela tinha ou não tinha namorado. O próximo foi por causa do Ivan, um garoto do nosso colégio. O próximo foi por... bem, o próximo não foi por culpa de ninguém. Foi por causa da nossa vontade. Assim como têm sido todos os beijos que nós temos trocado.

Fim.

O AUTOR

Toni Brandão é um autor multimídia bem-sucedido. Seus livros ultrapassam a marca de dois milhões e meio de exemplares vendidos e discutem de maneira bem-humorada e reflexiva temas próprios aos leitores pré-adolescentes, jovens, e as principais questões do mundo contemporâneo. Seu *best-seller* *#Cuidado: garoto apaixonado* já vendeu mais de 300 mil exemplares e rendeu ao autor o Prêmio APCA (Associação Paulista de Críticos de Arte). A editora Hachette lançou para o mundo francófono a coleção adolescente Top School!. No teatro, além do êxito ao trabalhar em seus próprios textos, ele adapta clássicos como *Dom Casmurro* e *O cortiço*. Em breve Toni lançará um novo romance, *Dom Casmurro, o filme!*. A versão cinematográfica de seu livro *Bagdá, o skatista!* recebeu um importante prêmio da Tribeca Foundation, de Nova York, e foi selecionada para o 70º Festival de Berlim. E outros livros do autor terão os direitos adquiridos para o mercado audiovisual, como o romance *DJ – State of chock*, *#Cuidado: garoto apaixonado*, *O garoto verde* e *2 x 1*. Toni criou, para a Rede Globo de Televisão, o seriado *Irmãos em ação* (adaptação de seu livro *Foi ela que começou, foi ele que começou*) e foi um dos principais roteiristas da mais recente versão do *Sítio do Picapau Amarelo*. *Site* oficial de Toni Brandão: www.tonibrandao.com.br.

O ILUSTRADOR

Attílio nasceu na cidade de São Paulo em 1963. Começou a trabalhar com desenho em 1980, como ilustrador da *Revista BCN*. Dali, foi para a divisão das revistas infantis da Editora Abril, depois para a Editora Saraiva e finalmente para a Editora Globo, de onde partiu em 1986 para trabalhar como freelancer, atuando dessa forma na profissão, a partir de então. Entre maio de 1989 e março de 1990, colaborou como cartunista no programa TV MIX 4 da Rede Gazeta. Já ilustrou algumas dezenas de livros para diversas editoras, como Moderna, Ática, Scipione, Globo, Panda Books, Global e publicações como *Veja*, *Veja São Paulo*, *Quatro Rodas*, *Casa Cláudia*, *Arquitetura e Construção*, *Recreio*, *Exame*, *Galileu* e outras. Também atua na área das publicações empresariais, publicidade e marketing. Desde abril de 1992, ilustra quinzenalmente a página semanal de crônicas da revista *Veja São Paulo*. É formado em Artes Plásticas pela Faap.

Leia também de Toni Brandão

Os recicláveis!

Os recicláveis! 2.0

O garoto verde

Aquele tombo que eu levei

2 x 1

Caça ao lobisomem

Guerra na casa do João

O casamento da mãe do João

#Cuidado: garoto apaixonado

#Cuidado: garotas apaixonadas 1 – Tina

A caverna – Coleção Viagem Sombria

Os lobos – Coleção Viagem Sombria